CASA DE FAMÍLIA

PAULA FÁBRIO

Casa de família

COMPANHIA DAS LETRAS

Grafia atualizada segundo o Acordo Ortográfico da Língua Portuguesa de 1990, que entrou em vigor no Brasil em 2009.

Obra premiada no Edital de Seleção Pública n. 01, SEFLI/MinC, de 4 de abril de 2023, Prêmio Carolina Maria de Jesus de Literatura Produzida por Mulheres 2023, realizado pela Secretaria de Formação, Livro e Leitura do Ministério da Cultura.

Capa
Tereza Bettinardi

Foto de capa
annebel146/ Adobe Stock

Preparação
Ciça Caropreso

Revisão
Ana Alvares
Márcia Moura

Os personagens e as situações desta obra são reais apenas no universo da ficção; não se referem a pessoas e fatos concretos, e não emitem opinião sobre eles.

Dados Internacionais de Catalogação na Publicação (CIP)
(Câmara Brasileira do Livro, SP, Brasil)

Fábrio, Paula
Casa de família / Paula Fábrio. — 1ª ed. — São Paulo : Companhia das Letras, 2024.

ISBN 978-85-359-3818-0

1. Romance brasileiro I. Título.

24-206354 CDD-B869.3

Índice para catálogo sistemático:
1. Romance : Literatura brasileira B869.3

Cibele Maria Dias – Bibliotecária – CRB-8/9427

EDITORA SCHWARCZ S.A.
Rua Bandeira Paulista, 702, cj. 32
04532-002 — São Paulo — SP
Telefone: (11) 3707-3500
www.companhiadasletras.com.br
www.blogdacompanhia.com.br
facebook.com/companhiadasletras
instagram.com/companhiadasletras
x.com/cialetras

A Carolina Maria de Jesus
e a todas as mulheres que fazem a literatura acontecer no Brasil

Ouve-se algo muito tempo, sem escutar
Elias Canetti

31 de outubro de 2019

Talvez agora eu seja apenas um espectro, uma fabulação. Mas, antes, já tive cor, cheiro, carne.

Sou um fantasma que ela não vê, mas recorda. Ela envelheceu e continua a olhar somente para si. Ela ainda me detesta.

Olhe para mim, olhe, o velho vestido azul de tergal que não me sai do corpo, nem mesmo agora. Olhe para ele. E se incomode.

Ela não deveria ter voltado para este quarto. Um quarto que já foi meu. Um quarto tão habitado.

Veja como dividimos o mesmo espaço e você nem percebe.

Por mais que falássemos uma com a outra, jamais conversamos. E não vai ser agora.

Depois de ti, depois desta casa, cresci e me ajeitei. Poderia até falar contigo sobre isso. Mas não vou lhe dar o gosto de reconhecer minha voz, vasculhar minha vida.

Olhe para você agora: uma velha descabelada e quase calva, com os cachos encobrindo o couro cabeludo aqui e acolá. Corcunda.

Usa óculos, mas não enxerga. Gente feito você não conhece gente como nós.

Eu digo, você não me ouve. Tampouco me toca.

Mas eu ouço seus pensamentos. Conheço seus medos. Vejo daqui de onde estou — sobre esta cama arriada — a linha da sua memória se desfazer, como se um inseto a ingerisse lentamente.

Pensa que essa cadeira de plástico é sua? Esses móveis. Essa casa. Essa terra?

Daqui um tempo, nada lhe sobrará, nem mesmo o meu nome: Nilcélia. Repita comigo: Nilcélia. Não é você que está com medo de esquecer as coisas? Quer saber, coisas ruins ocupam espaços poderosos em nossa memória.

Eu digo, daqui um tempo nada lhe sobrará, a não ser a visão deste vestido azul de tergal no quarto dos fundos de uma casa de família. Um vestido azul sobre um corpo marrom, encimado por uma cabeça larga, com uma boca enorme, infantil, pintada de vermelho, a minha boca mastigando um miolo de pão infinitamente, infinitamente. Que visão para encerrar seus dias.

Estou tentando entender.

Estou tentando entender se houve um início de inferno ou se tudo o que veio antes já era inferno e não sabíamos.

Não, não gosto de me lembrar daqueles dias de 1983. Meu pai tinha um emprego, mas estava falido, em vários sentidos. E o Nordeste havia se mudado para o meu quintal. Nilcélia veio de lá e parece que nunca mais foi embora.

Estou tentando entender, por isso estou aqui. Porque nunca contei a ninguém. Porque por um tempo, um longo tempo, tive vergonha. Vergonha e ódio. Da minha casa, da minha família, do meu irmão.

Uma doença chega de repente e arrasa tudo ao redor.

Mas no início você não sabe, você não sabe de nada. No começo, as coisas se misturam. No meio dos monstros, você se torna um deles. Mas talvez você tenha uma chance.

* * *

Insisto. Insisto em compreender, em compreender essa história. Por isso estou sentada nesta velha cadeira de praia, feita de tecido plástico amarelo e branco, com lascas nas pontas do assento. Aos meus pés, o soalho riscado. À minha volta, quatro paredes cobertas de chapisco. Encostado a uma parede, o guarda-roupa manco; com a cama de armar arriada ao lado; acima da cama, o espelho retangular — nele vejo o rosto de inúmeras mulheres, entre elas eu e minha mãe.

Eu me encontro no antigo quarto de empregada, nos fundos da casa, e algo me diz que não sairei tão cedo daqui.

Ainda há vida neste cômodo, embora seja noite e a lâmpada incandescente de poucas velas empreste ao ambiente um tom alaranjado muito débil, quase esfumaçado, deixando tudo opaco e remoto. Como nas senzalas abandonadas, nas cadeias desativadas, ainda há vida, uma vida que passou diante de mim.

Além do mais, estou perdendo a memória. E sinto medo. Muito medo. Medo de que eu não tenha mais palavras para contar essa história, que estejam fora de alcance.

Mas se quase tudo me escapa, preciso começar por uma única lembrança, a mais forte de todas.

Preciso começar pelo dia em que desci para o quintal do sobrado, atravessei aquelas quatro ou cinco lajotas vermelhas que separam a cozinha deste quarto de empregada e chamei por Nilcélia.

Preciso contar do grito da menina da minha idade: Nilcélia! Preciso contar da minha resposta: Aqui! Preciso contar da hora em que ela abriu a porta do banheiro de empregada. Do seu rosto branco, educado, com nojo. Da sua autoridade de, já tão nova, ser minha patroa. A porta do banheiro dos donos da casa tinha tranca. A nossa, não: era um fio de cobre encapado, que deixava aberto o espaço de um palmo de mão entre a porta e o batente.

Novembro de 1983

Tenho treze anos e meu maior desejo é arrebentar esse pedaço de fio encapado e estrangular Nilcélia. Ela roubou minhas calcinhas, que agora estão sujas com seu sangue e guardadas no seu armário de gavetas empenadas, um armário comprado pelo meu pai para quebrar um galho, enquanto essas pessoas permanecem em nossa casa. Um armário que vasculho feito urubu sentindo cheiro de carniça. São as minhas calcinhas dobradas, enroladas, com as regras de outra menina.

Eu a estrangularia se não estivesse agora, neste exato momento, vendo a Nilcélia deste jeito: mastigando pão com manteiga enquanto se alivia na privada. Seus pés não alcançam o chão, balançam no ar, ridículos. Parecem pés de porco.

Deixo a Nilcélia lá e vou contar o que vi, em voz alta, a todos que estão na sala. Enquanto isso, a enfermeira chilena sai nervosa em direção ao quintal.

Após o jantar, quando a enfermeira chilena ajuda a Nilcélia com a louça, seus olhos contêm desprezo. Desprezo endereçado a mim. A princípio, não compreendo: Gladys costuma me tratar com carinho e até com um pouco de dó, porque a minha mãe está doente e é grave. Mas ela sabe algo sobre mim e sobre a minha família que eu mesma desconheço ou começo a conhecer. Ou ainda: ela me faz saber.

Gladys chegou do Chile com uma bolsa surrada, um diploma de enfermagem e uma filha de dez anos.

Não entendo por que ela saiu de lá.

Gladys, quando fala de seu país, abaixa a voz e olha com o rabo do olho para os lados, como se alguém a espreitasse. Como se alguém ainda a espreitasse no Brasil, em São Paulo, no bairro da Aclimação, dentro da minha casa, no andar térreo do sobrado, no sofá de listras aos pés da cama de uma enferma — a minha mãe.

Agora mesmo ela me olha muito séria e menciona o general Pinochet. Gladys dá um tom de importância a isso e eu fico feliz, porque acabo de ganhar sua confiança. Nilcélia ainda não existe entre nós e eu sou senhora absoluta do seu coração. De toda forma, não tenho como compreender sua história. Mas o que todos em casa sabem, inclusive eu, é que o marido a abandonou com uma criança pequena em Santiago do Chile.

Não são exatamente as confidências da Gladys que me fascinam, mas suas mãos pequenas e hábeis, o modo concentrado como manipula os remédios, o jeito amável de segurar um copo d'água. De madrugada, Gladys não dorme, para monitorar o soro que pinga devagar, com a droga responsável por manter minha mãe viva. Uma droga amarela que a deixa marrom. Gladys me diz: se o soro falhar, sua mãe pode morrer. Então eu gosto de saber que, enquanto eu durmo, Gladys permanece no sofá de listras, atenta.

Em outras palavras, espero o turno da Gladys como se fossem as únicas doze horas possíveis do dia, pois enquanto minha mãe continua desacordada neste primeiro mês após deixar o hospital, embora eu tenha um pai e um irmão, é com Gladys, somente com Gladys, que eu converso.

Reminiscências

Na cabeça do meu irmão, os chilenos eram um povo superior, muito mais desenvolvidos que nós, brasileiros, e a Gladys, muito melhor que a Lurdes gorda.

A Lurdes gorda fumava um Derby atrás do outro, e entre a sua calça branca e a camiseta tinha sempre uns três ou quatro dedos de carne, eu e todo mundo conhecíamos um bom trecho do traseiro da Lurdes gorda.

Naqueles tempos, a Lurdes gorda cumpria o plantão das sete da manhã às sete da noite ao lado da cama da minha mãe. E não havia um dia em que a Gladys chegasse e as escaras da minha mãe não estivessem abertas. Acontece que a Lurdes gorda tinha um guindaste no lugar dos braços e cada vez que levantava um dos lados da bunda da minha mãe para limpá-la com uma gaze, as feridas se rompiam. Então a cara da Lurdes ficava idêntica a um repolho murcho e ela secava o tecido machucado com raiva de si mesma.

1984?

Hoje me deram a tarefa de despedir a Lurdes gorda na porta do hospital público. É a segunda internação da minha mãe.

Caminho pela alameda que corta o hospital em dois, sob o sol a pino do verão. Há prédios baixos em ambos os lados da rua. Toninho avisou: depois do terceiro edifício, à direita. Tenho uma missão a cumprir. Preciso ser rápida, Toninho está com o pisca-pisca do carro acionado, na avenida lá fora.

Desvio dos ambulantes, das poças de chuva, do lixo espalhado. Leio placas que apontam para alas que chamam minha atenção. Pressinto que em algum momento futuro posso vir a conhecê-las: transfusão de sangue, pronto-socorro, ambulatórios. Nas calçadas, parentes à espera de resultados, choro de criança, muletas, cheiro de remédio. E uma senhora orando sobre uma pequena bíblia roxa. E uma travesti que perdeu a peruca, ela masca um chiclete e roda a cabeça como se alguém a chamasse de algum lugar.

Enquanto caminho, lembro das palavras do meu irmão.

Já viu enfermeira que não gosta de hospital?

Ela que te contou? Fiquei pasma. Ele riu.

* * *

A princípio, seria apenas uma semana. Depois, a coisa piorou, minha mãe está internada há quase um mês: a Lurdes gorda deveria ficar na cadeira ao lado do leito (a cadeira é um privilégio que os médicos particulares da minha mãe conseguiram no hospital público). Mas a Lurdes gorda não aguenta, passa horas do lado de fora do hospital, pingando suor e fumando.

Não é difícil reconhecê-la no meio da multidão: sua figura volumosa se destaca entre os carrinhos de pipoca na frente do prédio de internação.

A Lurdes gorda fuma distraída, sentada na beira de um canteiro, braços largados sobre as pernas.

Carrego um lençol branco amarrado em forma de trouxa, com todas as roupas dela dentro. Roupas que o meu irmão arrancou do armário com certo nojo, diferenciando das roupas da Nilcélia pelo tamanho. Nilcélia tem o meu tamanho, por isso usa as minhas calçolas.

Conforme me aproximo da Lurdes gorda, reparo no seu rosto redondo e amassado. Dá tristeza e ao mesmo tempo repugnância vê-la com os olhos pregados no chão, os seios como duas bexigas murchas sobre o extenso pneu que modela sua barriga. As pernas finas sustentando o tronco. E tenho de lhe dizer que está demitida. E devo entregar sua trouxa de roupas e algumas notas de dinheiro: o dinheiro que trago dobrado em quatro no bolso do jeans.

Tenho medo que ela revide. Mas ela apenas concorda com a cabeça e continua fumando, sem me olhar.

Largo o lençol com as roupas no chão ao seu lado. Saio andando rápido, o mais rápido que posso.

Vislumbre

Lurdes gorda espuma.

Uma raiva tão grande. Uma raiva sem alvo definido.

A Lurdes gorda é um aglomerado de fúria e desorientação. Como um boxeador impedido de permanecer de pé, pois os golpes vêm de todas as direções.

A Lurdes gorda bufa e come uma coxinha de boca aberta. Uma raiva assim, uma raiva assim tão grande. O passado extenso e difícil de parar quieto.

Se ao menos eu pudesse ir embora! Como aquela da pensão que fala brasileiro, fala português, fala um monte de língua.

Embora pro estrangeiro.

Sempre que pensa no estrangeiro, Lurdes gorda olha pro céu.

Mal termina a coxinha e se arrepende. Melhor se tivesse reservado dinheiro para um prato de arroz ou um cuscuz com leite.

De pé no ponto de ônibus, fuma outro cigarro. Enquanto isso, na pensão de moças, sua sacola de coisas foi revirada; de importante, levaram o aparelho de medir pressão; de importante, deixaram a mecha de cabelo de Bianca.

Fluxo contínuo

A Lurdes gorda foi a primeira de um fluxo de mulheres vindas de outros estados para habitar nosso quintal. Digo quintal, pois o "domínio" das empregadas se estendia além do quarto dos fundos: gozavam de ser elas mesmas no pequeno banheiro, na lavanderia e no trecho do piso de lajotas, onde as cordas com roupas estendidas eram levantadas com varas de bambu para colher mais sol e vento. Era de lá, do quintal, que vinham o canto de Nilcélia, o som do rádio a pilha, o barulho de água enchendo o tanque, o estrilar de um isqueiro ou de um fósforo, e também o sussurro que é a língua da saudade.

Achávamos que as empregadas é que vinham até nós. Mas, na verdade, era como se mandássemos buscá-las em suas terras, mesmo quando não o fazíamos de fato.

No começo, pensávamos que seria algo temporário. Depois, acreditávamos que elas ficariam conosco para sempre, isto é, pelo menos até a cura da minha mãe.

Por fim, tanto fazia.

No caso delas, das empregadas, não seria diferente. A primeira casa de família numa cidade distante representaria um temor específico. As demais, pelo contrário, formariam um acúmulo de certezas.

Mas como um fluxo migratório contínuo é banalizado com o tempo, como tudo, ou quase tudo, nós deixamos de prestar atenção nele; começa delineado, cheio de detalhes, depois torna-se fluido, como a memória ou o material dos sonhos. Chega um momento em que ninguém mais sabe dizer quem foi o primeiro ou o último a migrar. Assemelha-se ao tempo infinito do cosmos. Ao tempo distendido da doença. Do cansaço de quem tenta entender os fatos por meio de causas e efeitos. Pobre memória.

Ida e volta

Primeiro a gente não faz ideia de pra onde está indo. Como pode haver uma terra diferente da nossa? Um lugar onde escondem o mato com cerâmica, tingem o barro de laranja brilhante? Sem arraial, sem poço, sem conversa na porta de casa! Lugar onde a gente se perde. Onde fazem coisas terríveis, quase sempre com um sorriso no rosto, numa língua que parece estrangeira. Logo vejo que é para eu me sentir menor.

Ter um quarto com espelho não ajuda. A gente só pensa em voltar.

Três dias e três noites, contei, até chegar aqui.

O estranho é que eu quero tudo o que a menina besta de treze anos tem. Ao mesmo tempo, não quero nada disso.

A Lurdes gorda, coitada da Lurdes gorda. Veio primeiro que eu. Antes dela, veio a irmã dela. Antes da irmã dela, veio uma parente. Antes da parente, eu não sei quem veio, mas veio.

Antes de mim, veio a minha prima. Antes dela, uma tia, e outra tia. Metade das mulheres da minha família estão aqui, espalhadas. Não sei dessas tias. Elas pagam para alguém escrever uma carta lá pra Bahia, mas mudam de endereço cada vez. Um dia elas voltam. A volta é só o preço da passagem.

Enquanto a volta não chega, a gente não tem o que fazer, além de esperar.

Quando a gente vem pra capital pela primeira vez, a gente sabe que não é igual em todo lugar. Mas não sabe por exato o que é diferente. Minha prima dizia: "Você vai ver". A gente pensa que o diferente é a rua, os carros, o dinheiro que é muito. Mas o diferente mesmo é outra coisa.

A gente acredita, por causa de habitar a casa, limpar a casa, perfumar a casa, que a casa também é nossa, onde podemos descansar quando o corpo quer. Mas a casa não é nossa, logo se entende. É da família. A geladeira, por exemplo, você abre pra fazer a comida e não pra comer. Mas leva um tempo pra gente entender.

Por um punhado de dinheiro que nos pagam todo mês, nos fazem entender que esse é o preço da casa não ser nossa. E tem quem não receba nada. Mas isso é escravidão. Na escola me falaram, mas eu já sabia. Também já sabia que gente de menor, como eu, recebe meio salário, porque não sabe fazer o serviço. Por um tempo eu aceitei, pois era a minha própria prima que me explicava tudo.

Na minha cidade, não havia casa de família pra trabalhar. Todo mundo ou quase todo mundo, tirando o prefeito, o padre e o dono da mercearia, todo mundo seguia pro roçado quando era tempo, até os professores da escola. Afastado dali, havia quem era dono de roça. Mas minha vó já tinha vindo pro povoado fazia tempo, sem terra, sem nada. Limpava a prefeitura e ganhava o sustento. Tinha gente que chegava por conta da promessa de abertura de uma loja e ia ficando. O prefeito arrumava jeito. Uma colheita que não se vendia, porque o preço estava baixo e a gente corria pra fazenda apanhar as frutas no chão, pois as famílias assentadas contavam que não valia a pena trabalhar e competir com o preço das fazendas maiores. Tudo isso se revertia numa pasmaceira que às vezes era mesmo gostosa de viver. Mas alguns de nós tinham sonhos. Então acontecia de embarcar na viagem de três dias e três noites para o frio de São Paulo.

Rasto

Há uma borda da minha memória que guardou uma história sobre a Lurdes gorda, uma história sobre ela pagar parte do salário para alguém olhar sua filha. Lembro de ter sentido uma vergonha imensa, sem saber por quê. Ou melhor, eu não sabia a quem atribuir essa vergonha.

Em algum momento, devo ter ouvido um telefonema da Lurdes gorda, um telefonema feito da nossa casa, e nessa ligação ela pronunciou o nome de uma cidade próxima. A sua filhinha, Bianca, estaria lá.

Antes de demitir a Lurdes gorda

Segundo meu irmão, a Lurdes gorda largou a mãe num pequeno povoado em Alagoas, onde as duas nasceram. Como ele sabe? Meu irmão tem métodos: fuçou os documentos da Lurdes gorda e imaginou o resto. Meu irmão, embora tenha inclinação para as ciências exatas, gosta de inventar; elabora teorias que defende com unhas e dentes, seguindo uma lógica própria baseada nas diferenças de classe, nas páginas de economia dos jornais, na evolução segundo Darwin, na evolução segundo ele mesmo.

Meu irmão não tem freios.

Agora, por exemplo, ele vem do quarto da Lurdes gorda, enquanto ela está no hospital com a minha mãe. Sem nenhum pudor, abre diante dos meus olhos algo que parece uma agenda. Uma agenda com telefones, anotações, cartões soltos, um maço vazio de Derby prensado na página e uma porção de fotografias presas por um clipe. Olhamos as fotografias com pressa, como se a Lurdes gorda fosse chegar a qualquer minuto.

Reparo numa das fotos. Talvez porque nela esteja a filhinha da Lurdes gorda. Vejo primeiro a mulher de camiseta clara, com um arco-íris e a Barbie estampados no peito. A mulher está sentada num degrau duro, num corredor estreito de alvenaria. A seu lado, há um menino de pé, com uma das mãos na cintura e a outra apoiada na parede. Ele está apenas de cueca e, pelo jeito, aguarda o garoto mais novo chutar a bola parada no meio do caminho entre os dois. O mais novo usa um calção de tecido sintético, de cor escura, com listras brancas nas laterais, e sua pele é quase preta. Esse mesmo garoto, aparentemente, esqueceu da bola, porque alguma coisa que não se pode ver desviou sua atenção. Ao lado da mulher, sentada no degrau, uma menina, a mais nova das três crianças; ela faz uma careta, olhando diretamente para mim, como se eu estivesse ali com eles e pudesse fazer algo. Por fim, nota-se que a mulher tem um bebê no colo e este olha na direção do portão no fundo do corredor, de onde não vem ninguém.

Logo Toninho se desinteressa pela agenda e por seu conteúdo. Sou eu quem a leva de volta ao quarto de empregada.

31 de outubro de 2019 (anoto para não esquecer)

A perda da memória é uma luta que começa já no segundo round, com você vários pontos atrás do adversário. Você, o peso-pena; ele, dependendo, médio-ligeiro ou meio-pesado. Penso nisso enquanto abro a janela do quarto de empregada.

A veneziana azul de madeira ainda guarda as mesmas bolhas. Bolhas que revelam as camadas de tinta que apliquei nos tempos da Lurdes magra, da Ângela e da Ruth, todas depois de Nilcélia e da Lurdes gorda.

Algumas bolhas estouraram e alguém cuidou de terminar de rasgá-las, deixando lascas pontiagudas abrindo caminhos imprecisos no parapeito.

Uma aranha, altiva em sua teia, adivinha minha presença, mas não se move. Quebrando o silêncio, um ranger de ferro enguiçado irrompe das dobradiças. A vidraça sobe enviesada e um vento frio sopra no quintal. Ainda é noite. Sempre é noite. Sempre é setembro, embora não seja de fato. Não gosto de lembrar daquele setembro. Mas devo lembrar. É certo que alguns acontecimentos perduram. Via de regra, os piores.

Devo lembrar daquele setembro para entender. Pois o mal cresce aos poucos entre nós. Ele está entre nós. Maldito é o fruto do nosso ventre.

No início, o mal se confunde com uma piada de mau gosto, uma frieza de espírito, algo que não vai levar a nada. No início, o mal se assemelha a uma leve ousadia ou a uma ignorância absoluta; depois nos desculpamos: ele é louco, precisa ser internado. Mas não internamos o mal, apenas os tolos.

Estou falando de gente com poder ou de gente que gostaria de ter poder, mesmo que o menor deles.

Hoje ainda é 31 de outubro de 2019. Anotei na agenda: deputado EB ameaçou: se a oposição radicalizar, eles, os que estão no poder, serão obrigados a recuperar um ato institucional que nós sabemos qual é, o de número cinco. Hoje eu sei, um dia como hoje começou muitos anos atrás. Está em nosso DNA.

Vou até onde minha memória é capaz.

Por isso estendo o olhar. Estendo o olhar para a porta da cozinha: não preciso atravessá-la para ver os dentes-de-leão pintados no piso, os azulejos envelhecidos, a despensa de fórmica clara. Num estalo, estou vívida, bem iluminada, com os pés sobre os dentes-de-leão, a quentura do forno nas costas e um assado em cima da mesa. Não é setembro, embora sempre o seja.

Natal de 1983

Primeiro Natal depois da doença.

Comemos todos juntos, e a mesa me parece menor. A mesma mesa onde costumávamos comer eu, minha mãe, meu pai e meu irmão. Agora a ordem é outra: meu pai, meu irmão, eu, a Lurdes gorda e a Nilcélia.

É folga da Gladys e estou desolada. Mesmo assim, há um momento em que acredito que tudo pode dar certo. Esse pensamento surge ordenado, claro, plausível. Como se eu voltasse no tempo e visse minha mãe diante de mim, nas conversas que tínhamos ali na cozinha, ela me ensinando: Soraia, somos todos iguais.

Quando minha mãe queria me falar algo importante, ela assava um bolo de laranja e me preparava um copo de achocolatado; sentava-se ao meu lado e fingia naturalidade. Foi assim naquela tarde. Estávamos diante desta mesma mesa de madeira: agora você vai para a escola pública e eu preciso te prevenir. Prevenir? Sim, sobre crianças negras. E daí? Daí que não pode maltratar ou fazer piada. Mas eu não vou fazer nada disso. Aonde ela queria chegar?

Eu sei que você não vai, mas outras crianças podem caçoar; não quero que você faça igual.

Não era do meu espírito desdenhar de ninguém; pelo contrário, eu era da turma que apanhava na escola; mas conforme o tempo passou, tornei-me invisível e assim foi melhor.

A propósito, eu não sabia muito bem o que era riqueza e o que era pobreza até chegar à fila no pátio da escola, onde cantávamos o hino nacional antes de subir à sala de aula. Na fila, uma colega me perguntou a profissão do meu pai. Respondi que ele era bancário e ela, assombrada, afirmou que eu devia ser muito rica. Ela me olhou cheia de estima e eu encarei aquilo como um carinho que a palavra "rica" me possibilitava receber, assim tão oportunamente, no primeiro dia de aula. Orgulhosa, respondi que sim, mas nessa hora lembrei dos móveis lá de casa e considerei que estava mentindo, então completei, dizendo que não, que eu não era tão rica assim, só um pouco. A menina sorriu e logo compreendi que ela me achou modesta.

À noite, levei a questão à minha mãe, e ela me disse que a menina devia ter confundido bancário com banqueiro. A história me preocupou. Tive vergonha de passar por mentirosa e, na manhã seguinte, corri para desfazer o mal-entendido. A menina me contou que seu pai também lhe explicou essas mesmas coisas na noite anterior. Enquanto falava, seus olhos meigos me diziam que ela havia perdoado minha meia mentira, afinal o apreço pela riqueza partiu primeiro dela.

Daquele dia em diante, aos poucos, riqueza e pobreza encaixaram-se na ordem do meu mundo. E o mundo as explicou, mesmo quando eu não pedia explicação alguma. Muitas vezes, juntei e separei essas peças, formando arranjos diversos. Meus pais, os professores, o catecismo, todos me ensinaram que éramos iguais: negros, brancos, pobres, ricos. Por um tempo, pensei que tudo estava encaixado. Mas não era verdade.

Tudo, tudo se encaixa de fato agora, neste Natal, quando a Lurdes gorda enfia a mão na comida e come quase toda a carne que está na mesa, a carne cujas partes nobres, antes, nos dias anteriores à doença, eram destinadas ao meu pai, e depois ao meu irmão, e depois à minha mãe, e somente depois a mim. Nessa ordem. Meu pai comia o melhor porque somente ele trabalhava. Eu não percebia que minha mãe trabalhava também, afinal ela brincava comigo. O meu irmão estudava e eu brincava. Mas e a Lurdes gorda? A Lurdes gorda agora trabalha mais que meu pai. A Lurdes gorda carrega minha mãe nos braços e minha mãe pesa quase cem quilos após as infiltrações de corticoide.

E neste momento, depois de comer as partes nobres da carne, a Lurdes gorda lambe os lábios, que ficam com um lustro de óleo. E meu pai perde a fome. E eu trato de desligar o rádio que toca John Lennon, porque meu pai não gosta de música, ele havia aberto uma exceção. A Lurdes gorda não percebe nada, tampouco a Nilcélia, que arrota refrigerante e balança os pés no ar por baixo da mesa. Já o meu irmão come quase o mesmo tanto que a Lurdes gorda, numa disputa de feras, o que inclui força, agilidade e demarcação de território. E a minha mãe, que não está à mesa conosco, alimenta-se de soro.

Recolhida no quarto, pouco antes da meia-noite, compreendo que agora a Lurdes gorda e a Nilcélia fazem parte da família.

Nilcélia é órfã. Por isso se apegou à minha mãe e à Gladys. E talvez por esse mesmo motivo, enquanto trabalha em nossa casa, não se incomode de esvaziar a comadre no banheiro dos fundos, de passar as fraldas de pano com ferro e mover os quase cem quilos da minha mãe sobre a cama, usando as pontas de um lençol.

Nilcélia tem treze anos. A mesma idade que eu. Foi sua prima quem a trouxe da Bahia. Nilcélia ajudava sua prima numa casa de família aqui na nossa rua, quando meu irmão colocou um anúncio na venda da esquina: PROCURA-SE EMPREGADA DOMÉSTICA.

Quem viu o anúncio foi a patroa. Ela tocou a campainha da nossa casa e disse que nos faria uma caridade, por conta da doença da minha mãe: cederia, de boa vontade, sua empregada mais nova para nós. Mas quantos anos ela tem? Quinze.

Nilcélia é gorda, não tão gorda quanto a Lurdes gorda, e passa por quinze anos, embora tenha acabado de completar treze.

Gladys, que é superior a todos nós, por ser chilena, disse que é uma pena uma menina assim tão nova trabalhar em casa de família. Gladys não critica, mas percebo uma repreensão em sua voz. Como se meus pais estivessem muito errados. Como se a prima mais velha da Nilcélia fosse uma pessoa má. Mas, segundo meu irmão, a única pessoa má de verdade é a patroa da prima da Nilcélia, que não quis ficar com uma empregada porca e vagabunda e a repassou para nós, aproveitando-se do estado de nossa mãe. Eu acredito nele.

Hoje é sábado, amanhã é domingo, minha folga quinzenal. Eu canto "Ha ha ha hoje é meu dia/ Eu vou ter ter ter o seu amor" porque eu gosto, porque ajuda a fazer sol, porque eu sei que os dois irmãos vão ter que cuidar da mãe, enquanto eu vou passear. "Para ser ser ser feliz ao seu lado/ Uou ha ha ha que dia feliz." Eles demoraram para entender que eu canto para provocar, para me vingar, porque eu não me importo em limpar merda, porque eu sou forte, mais forte até que a Lurdes e a Gladys. Eu vou de ônibus, vou levar três horas, vou fazer a unha, pintar de vermelho, rabiscar o chão, lembrar de mainha, assistir tevê o dia todo. Quem sabe um dia eu levo Gladys para ver mainha, para conhecer o quintal da tia, me botar no colo e fazer cafuné. Um dia nunca mais eu vejo a menina besta de treze anos. Um dia nunca mais eu como o que sobrou do almoço da menina besta de treze anos. Um dia eu me livro da menina besta de treze anos. Foi a menina besta de treze anos que me ensinou que a gente não vive tudo junto. Pois ela me acusa todos os dias de alguma coisa. Ela me acusa de nascer errada e eu não quero acreditar. O que ela não vê é que ela é a mais errada de todos.

2019

Eu ficava fula da vida quando a Nilcélia vinha com aqueles cantores de domingo à tarde na tevê. Eu ficava fula ao perceber que estava me tornando quase tão pobre quanto ela. Essa é uma situação insuportável para quem pertence a uma classe social que não está no topo nem na miséria absoluta. E o governo, eu acreditava, não faria nada por nós.

Um sujeito da oposição havia sido eleito no ano anterior: um sujeito de cabelo branco, do lado dos bonzinhos, como dizia minha mãe antes da doença. Foi a primeira vez em vinte anos que o povo tinha sido chamado às urnas para escolher os governadores dos Estados. Havia uma pequena abertura política, pouquíssimos partidos, mas muita empolgação. Alguns achavam que a vitória da oposição em larga escala mudaria nossa vida para melhor. O meu pai parecia ter alguma fé nessa conversa, mas em geral era um homem calado e não conhecíamos suas ideias a fundo. Sabíamos dele, aos poucos, pelos lábios da minha mãe ou por seu interesse em determinada reportagem do *Jornal Nacional*, quando acertava os óculos no rosto e se endireitava no sofá.

No entanto, o novo governador havia tomado posse e nada mudou perante meus olhos. E o que eu sabia? Eu desejava algo imediato e concreto, igual a todo mundo. Um bolo de dinheiro na conta do meu pai e a minha mãe perfeita como antes. E a Nilcélia, de preferência, fora da minha casa, pois eu não aguentava mais suas unhas vermelhas descascadas e o vestido azul de tergal que ela não tirava do corpo. Um corpo roliço. E a boquinha? Os olhos esbugalhados. O perfume de alfazema misturado com hálito de cebola. Os cheiros. A carniça que saía do meio de suas pernas. Toda ela poderia ser eu. Eu também engordava. Aos treze anos, as meninas-mulheres engordam. E não há nada ou quase nada que se possa fazer. E eu pensava estar sozinha no mundo. Nilcélia, pelo menos, estava sozinha havia mais tempo.

Agora eu sei: aquele cheiro que vinha do meio das pernas dela era por falta de absorvente. Acho que ninguém se preocupou com isso em meio à loucura de termos um doente grave dentro de casa. Coisa de mulher, pensavam meu pai e meu irmão. Ambos acreditavam que um salário, casa e comida seriam suficientes para um ser desabrigado feito a Nilcélia. E talvez fosse mesmo, uma vez que ela nunca tinha visto um absorvente na vida.

Agora eu sei as coisas que o meu irmão sabia naquele tempo, afinal ele era muito mais velho que eu. E mais esperto. Dotado de uma mente vaporosa, rarefeita, que não se deixava apanhar. De sorte que foi ele quem me induziu a procurar minhas calcinhas sumidas no guarda-roupa da Nilcélia. E assim, com uma série de gritos raivosos, iniciei minha trajetória de patroa. Naquele momento, tive nojo da pessoa dela e nenhuma piedade. A piedade veio depois, mas precisou ser injetada em doses pacientes e constantes, ao longo de uma vida inteira.

Na noite de Natal daquele ano, não havia piedade em mim, apenas um senso de justiça fomentado pela minha mãe. E tudo parecia que daria certo quando compartilhamos, eu, Lurdes gorda e Nilcélia, a mesma mesa; assim como o país, em alguns períodos, nos dava essa mesma impressão. Mas tudo foi pro espaço quando a Lurdes gorda atacou a comida antes do meu pai, que estava magro e fraco por causa da doença da minha mãe. E era ele quem sustentava todos nós, inclusive a Lurdes gorda e a Nilcélia. Então às favas com as igualdades. Daquele dia em diante, embora eu tivesse compreendido que elas duas fizessem de algum modo parte da família, meu irmão decretou que enfermeiras e empregadas comeriam depois de nós.

Eu não dizia nada, mas essa decisão me parecia desonesta e angustiante. Porém, ao comer antes da Nilcélia, eu sentia um certo alívio.

Ainda assim, uma culpa me atravessava quando a Lurdes gorda saía e a Gladys se atrasava, pois nessa hora era a Nilcélia quem se deparava com uma vulva e um ânus para limpar. Era ela quem tinha de mover o corpo enfermo de cem quilos estendido no lençol molhado de urina, o corpo cujas pernas atrofiadas eram abertas e se dobravam feito um frango assado sobre a comadre.

Mas isso tudo não era problema para a Nilcélia. As coisas só começaram a esquentar de verdade quando ela voltou da folga de domingo com um bebê na barriga.

Meados de 1984 (talvez)

As notícias me chegam aos poucos. Como se eu ainda fosse criança aos catorze anos e não pudesse saber de tudo.

No entanto, sei muitas coisas. Por exemplo, o preço do dinheiro. Compra-se um pão francês com alguns cruzeiros e no dia seguinte o preço sempre é maior. Os preços podem subir mais de setenta por cento num único mês. Algumas famílias estocam comida. Na minha rua, há casas com despensas lotadas de açúcar empedrado e freezers horizontais entupidos de carne. Nos bancos, notas de dinheiro vão dormir valendo tanto e acordam valendo mais: esse milagre chama-se overnight e só acontece com os ricos.

Essa é a minha realidade, e me espanta quando alguém diz ser diferente em outras partes do mundo. As informações, sobretudo aquelas que rendem algum dinheiro, são escondidas. E o meu irmão me faz crer que, na verdade, essas informações compõem um grande mistério. Ele leva muito tempo tentando esclarecer este mistério: como os ricos ficam ricos.

Pra mim já está certo: meu irmão, com vinte e sete anos,

constitui minha principal fonte de informação, até porque minha mãe vive desacordada e meu pai, procurando meios de acordá-la. E o mais interessante: meu irmão conhece a vida de todos os nossos vizinhos, ele até mesmo adivinha quem tem as tais aplicações overnight.

Vibro com a engenhosidade do Toninho, embora às vezes eu o considere um pouco infantil: a janela do nosso quarto dá para a rua e tem frestas através das quais ele costuma observar os carros nas outras garagens, as entregas de correio e pizza, o nome da pizzaria, a quantidade de embalagens, as malas vindas da praia ou do campo, as visitas, os pretendentes, um namorado, uma roupa, um tênis americano. Ele fica encolhido, espiando pelo vão mais baixo da janela, de onde pode ver sem ser visto. Ele partilha suas descobertas e conclusões conosco: a menina mais gata da rua está namorando um careca! Os turcos da casa da frente só compram tênis nos Estados Unidos, lá os artigos são muito melhores e mais baratos que os nossos. O japonês do Landau, como você pensa que ele ficou rico? Ele aplica no overnight, e essas coisas eles não nos dizem, para que continuemos pobres. Os ricos têm muitos truques.

Assim, toda e qualquer informação vinda da janela torna-se fato indiscutível. E foi justamente da janela do quarto que meu irmão viu Nilcélia voltar da folga ao lado do guarda-noturno da rua — um sujeito atarracado, de bigode volumoso, corrente no pescoço e bem mais velho que ela. Pois bem, meu irmão dedurou Nilcélia. Mas isso não foi nada. O problema se agravou agora: a Gladys acaba de desmoronar sobre o sofá de listras, diante da cama da minha mãe, com o rosto afogueado. Gladys abre a boca duas vezes para falar, mas em ambas não sai nenhum som. Na terceira, ela solta um portunhol enrolado: *Yo creo que la chica Nilcélia estás mismo embarazada*. Nesse momento, a respiração do meu pai sai alta, longa, e todos percebem.

Enquanto eu me lambuzava com os chocolates da patroinha, eu cantava "Uouou, iei, iei,/ sem você não viverei" e lembrava que foi num dia de terça-feira que ele me viu pela primeira vez, a caminho da vendinha. No sábado ele me acompanhou até o ponto. No domingo, até em casa. Na segunda eu peguei meu caderno que trouxe da Bahia, com umas lições lá da escola, e fiz um desenho, que eu achava que era ele, o guarda. Mas foi meu primo, na casa da tia, quem me pediu pra pegar naquele pedaço de carne quente. E foi aquele negócio de carne quente que me deu asco. E passou a ser sempre assim. Com dor e nojo. Até o dia em que eu engordei muito, muito mesmo. E foi a Gladys quem reparou.

Ainda carreguei a mãe da patroinha algumas vezes, com meu bebê na barriga. E de repente todo mundo ficou com medo de que eu perdesse o bebê. Até a patroinha ficou preocupada e mandou eu ir pro quarto, que ela mesma ajudava o pai dela. Mas a patroinha é menina fraca e machucou a coluna. Eu falei que eu e meu bebê, que a gente era mais forte, mas ninguém acreditou. E foi assim que me mandaram de volta pra Bahia.

22 de setembro de 1983, ou a primeira madrugada de todas

Na primeira madrugada de todas, meu pai entra no quarto e acorda meu irmão.

Na primeira madrugada de todas faz muito frio e chove sem parar, embora já seja setembro.

Meu pai diz: Ela não está sentindo as pernas, referindo-se à minha mãe. Ouço o corpo do meu irmão se mexer na cama ao lado. Eles acendem a luz e eu permaneço de olhos fechados. Telefonam para o médico do banco onde meu pai trabalha. Na primeira madrugada de todas, ouvimos pela primeira vez a expressão "plano de saúde"; não temos. Na primeira madrugada de todas, minha mãe parte numa ambulância para um hospital particular. E a Sônia, empregada da vizinha, vem fazer café para mim logo de manhã, mas ela não sabe onde ficam as coisas e seu café é horrível.

Outras madrugadas depois

Na décima terceira noite após a primeira madrugada de todas, o sócio do banco onde meu pai trabalha visita minha mãe no hospital. Talvez seja melhor dizer que ele visita meu pai, que está prostrado na poltrona ao lado da cama. Olhos amarelos de quem tem passado muitas noites ali, com alimentação rala e uma vizinhança pródiga em vírus e bactérias. É o sócio do banco quem percebe: você pegou hepatite.

Meu pai cumpre expediente na área contábil daquela organização há anos e nunca faltou. Funcionário exemplar, recebe um terço do salário do contador principal, que vive bêbado e tira férias em janeiro. Meu pai tira férias em março, de sorte que nunca viajamos. Aprendeu a não reclamar após um longo período de desemprego. Seu ano maldito foi 1974, quando eu era bem pequena e ouvia aquelas palavras estranhíssimas saindo de dentro da tevê toda noite ali pelas oito horas: petróleo, Arábia, crise. E de dia meu pai brincava de caderno de quadros comigo. Os cadernos de quadros eram desenhos toscos feitos pelo meu irmão que eu e meu pai pintávamos no nosso escritório. O nosso escritório: um telefone de plástico roxo e amarelo sobre a cama arrumada. Eu era a patroa e ele, o funcionário exemplar.

Os melhores anos do meu pai foram de 1968 a 1973, quando trabalhou como contador geral num banco cujas paredes eram de mármore. Ele tinha uma secretária e uma placa com o seu nome sobre a mesa de madeira maciça. Sua barba era amaciada com panos quentes no barbeiro, seu terno tinha abotoaduras. Nesse tempo, dizem, tive uma babá. Mas não me recordo. O que lembro com certeza é que, quando ele finalmente conseguiu outro emprego, eu já era alfabetizada e na tevê passava *Estúpido Cupido*, uma novela para brasileiros que sonhavam que poderiam sonhar o sonho americano.

Estamos numa madrugada já bem depois da primeira madrugada de todas. Meu irmão arquiteta a grande virada: agora que nossa mãe não precisa mais do soro com a droga amarela durante a noite, podemos ter apenas uma enfermeira em período integral, alguém mais simples que a Gladys e menos desastrada que a Lurdes gorda, que a esta altura já foi descartada. E seria melhor se encontrássemos uma empregada mais serena e mais velha que a Nilcélia, de preferência sem um bebê no ventre. Isso porque o dinheiro da poupança, se tudo continuar assim, vai acabar em dois anos, e minha mãe vai demorar muito mais para se curar. É mais ou menos isso que acabo de ouvir meu irmão sussurrar ao meu pai, para logo depois apagarem a luz.

É de manhã. Meu pai e Toninho embarcam a Nilcélia para a Bahia, de supetão, enquanto eu banho minha mãe (após a segunda internação, por um curto espaço de tempo, assumi as funções da Lurdes gorda e me revezei com a Nilcélia para descartar o conteúdo da comadre na privada do quintal).

Na volta da rodoviária, meu pai e meu irmão topam com a Lurdes magra sentada na recepção da agência de empregos. A Lurdes magra tem rosto de cavalo, rabo de cavalo, e parece segura sobre suas qualidades, mas como sua pele é parda ela ainda se encontra na recepção, esperando.

O dia parece outro qualquer. Quase ninguém repara. Ninguém percebe o que se passa dentro do próprio corpo. A química, a elétrica e a mecânica para se levantar um braço, uma perna e andar. A bainha de mielina, fina cobertura dos neurônios do corpo, ignorada. Em dado momento, de modo reverso e aparentemente sem nenhuma causa, e por isso mesmo assustador, o cérebro emite a ordem de destruição do tecido. Ou seria o inverso? O tecido se fragiliza e, como acontece aos fios desencapados, pode ocorrer um curto. Isso me intriga, me faz pensar nas aulas sobre positivismo na escola. Uma causa gerando um acontecimento. E quando não há causa aparente? Preferimos insistir na busca. Desse mesmo modo, o que estamos fazendo agora, no futuro, no 1984 do futuro, perceberemos como anomalia?

A doença da minha mãe, a professora de biologia explicou, é um comportamento anômalo do próprio corpo.

31 de outubro de 2019 (não esquecer essa data)

Agora eu sei como se faz. Como se faz para não ficar com essas bolhas. Penso nisso enquanto deslizo os dedos sobre as ondulações no parapeito da janela.

Há muitas camadas na memória, assim como as demãos de tinta numa parede.

Uma bolha pode ser um atalho que nos leva de relance a uma tarde qualquer.

Digamos assim: na época da doença, eu me incomodava com o aspecto da casa. Agora isso tudo faz parte do meu corpo. A casa está em mim.

Dizem que ruínas servem para imaginar o que já foi e o que poderia ter sido. E sempre há vultos entre as ruínas. Vultos que passam pela janela, de volta ao passado.

Desconfio que deva existir um céu límpido para além dessa névoa de poluição cinza e rosa que avisto a partir do quarto de empregada. Mas esse pensamento é desnecessário.

Um torpor. Um torpor branco.

Ausência.

(Ausência, como um cachorro que enfiou o fuço entre as quinas da parede e não sabe sair dali. Um cão octogenário. Como aquele que me aguarda em casa, na minha outra casa, a casa onde moro. Ainda preciso falar dele. Preciso me lembrar. Meu deus, as coisas se desorganizam com tanta facilidade...)

Furo a bolha com as unhas. Em seguida, puxo a lasca seca de tinta, que se solta com um estalido. Descubro camadas mais antigas por baixo. São tantas e tão descoradas, pálidas feito a minha memória.

A entrada para a casa é pela direita. Mas e a saída?

Quando adolescente, eu tentava descobrir a causa e o efeito das coisas, do mundo, da doença. Desejava saber como a casa se degenerava. E como o Brasil tinha se tornado um lugar ruim. Qual doença o havia acometido. Agora tudo muda de feição. Talvez os acontecimentos não sejam uma simples sucessão de encadeamentos. Quem sabe eles não se assemelhem a um emaranhado elétrico, como os neurônios, com impulsos simultâneos e decisões inesperadas? Um país pode se suicidar de repente.

Esse trabalho dos neurônios, de se suicidar, pode levar anos, uma década. No caso de um país, duas. É possível.

Anomalias estão sempre entre nós. Um neurônio. Um cromossomo. O córtex? O tálamo? Quantas células devem-se alienar para garantir a paz? Por que não esquecer tudo de uma vez?

Súbito, um vulto passa à minha frente e eu quase consigo tocá-lo. Quase. Como se o quintal fosse um claustro e o vulto, a lembrança, o nome, o rosto, o corpo pressentido que está sempre a escapar, no outro lado do pátio, locomovendo-se como um espírito, entre os vãos, sem me olhar diretamente nos olhos. Então estico as mãos, como nos sonhos, para fisgar essa lembrança, pelos braços, pelo tecido da roupa, pelo vento, pelo ar ao seu redor. Ela surge e some num vislumbre. Pode ser uma chave.

1984 – Reminiscências

Quando alguém lhe falou da agência, a Lurdes magra pensou num valor, um valor condizente com seus estudos, sua disposição física, com suas roupas brancas já um pouco cansadas, mas muito limpas e sem manchas.

Quando ela chegou à agência, a dona, a Nalva, que tinha as unhas tratadas e compridas, a Nalva, que havia trabalhado num sem-fim de casas de família até se tornar empreendedora de si mesma e das outras, achatou suas expectativas e a Lurdes magra saiu para fumar um cigarro na calçada.

Duas horas mais tarde, quando uma cliente, moradora de um bairro arborizado com guaritas nas esquinas, a olhou dos pés à cabeça e cutucou o marido com o cotovelo, a Lurdes magra baixou um pouco mais seu valor.

Antes do almoço, quando a fome apertou e ela teria que comer um lanche não na padaria ali perto, cujos pães custavam mais que uma refeição, mas em um pequeno boteco indicado pelas outras mulheres que ali esperavam como ela (ou muito mais que ela), nessa hora, com o estômago rugindo, o escarpim de plástico molestando seu dedo mindinho, a Lurdes magra aceitou ganhar um terço do salário da Gladys.

E naquela manhã, pela primeira vez após a primeira madrugada de todas, meu pai voltou pra casa com um sorriso no rosto e um bombom com licor de cereja para mim. E eu tive esperanças.

No entanto, naquele dia à noite, meu pai e Toninho conversariam com a Gladys e os três chorariam, exceto eu. Eu fazia um tremendo esforço para aceitar que não podíamos pagar alguém especial como a Gladys. Afinal, conforme entravam pra casa pessoas mais simples e mais miseráveis, nos aproximávamos daquelas pessoas, de sua condição social. E, naquele tempo, eu só queria escapar. Naquele tempo, eu era um pouco mais besta que agora.

1984

Eu me incomodo com o aspecto da casa, e meu pai não tem dinheiro para contratar um pintor ou uma reforma. Então peço a ele que compre uma tinta barata e começo a pintar as portas e janelas nas minhas horas de folga, que por sinal são muitas.

Enquanto me incomodo com o aspecto da casa, os vizinhos adolescentes estão na Disney ou em chalés em Campos do Jordão. Ou nas suas escolas particulares, que, ao contrário do colégio estadual onde estudo, nunca entram em greve. Ou, ainda, no curso de inglês. Ou no laboratório do curso de inglês. Ou no clube. Na aula de natação.

De todo modo, eu não me incomodo com as casas dos pobres, embora fique constrangida.

31 de outubro de 2019

Hoje eu considero se teria sido mais fácil se meus pais tivessem se mudado para um bairro popular, mais condizente com a nossa situação financeira.

Mas meu pai tinha medo, medo de perder dinheiro com negociações, medo de imobiliárias, mudança, imposto, medo de que seus filhos vivessem ao lado de bandidos em locais mais empobrecidos.

É evidente e ao mesmo tempo irônico: meu pai não sabia de fato ao lado de quem morávamos. Fora isso, àquela altura ele alimentava expectativas acerca da cura de minha mãe. E eu tinha vinte e quatro horas para preencher o dia. Vinte e quatro horas inteiras, porque os professores do ensino público estavam em greve.

Enquanto meu irmão tentava descobrir por que os ricos eram ricos, eu despendia manhãs, tardes e noites imaginando o que poderia ser feito para recuperar o exato momento antes da primeira madrugada de todas. Então, nas tardes imensas de 1984, eu aplicava um pincel escorrendo tinta na janela de madeira do quarto de empregada — sem chegar a conclusão alguma, é claro.

A Lurdes magra era uma pessoa competente e amarga. Às vezes, há uma ponte entre essas duas coisas, uma ponte chamada injustiça. Talvez fosse o caso da Lurdes magra. Só posso dizer que ela nunca abriu um sorriso enquanto trabalhou em nossa casa.

Hoje em dia as pessoas são treinadas para sorrir, isso se tornou um sinal de competência, mesmo que seja um riso obtido com lavagem cerebral. Mas em 1984 um sujeito competente era sério, respeitável e concentrado. Com boa aparência, se possível. Na parte superior do currículo usava-se o termo "boa aparência". Quando montei meu primeiro currículo, não coloquei nada nessa parte, pois não achava que tivesse boa aparência; porém, meu irmão me ensinou que era preciso mentir pelo menos um pouquinho. Por esse mesmo motivo, a Lurdes magra alisava o cabelo com produtos cáusticos e puxava seu rabo de cavalo bem no alto, dando um aspecto ainda mais austero ao seu rosto comprido.

Além dos cuidados com o cabelo, a Lurdes magra trazia a

promessa de fumar somente nas folgas quinzenais; afinal, uma boa enfermeira não fuma nunca, e como minha mãe não mais exigisse atenção durante a madrugada, não havia razão para aceitar a primeira pessoa que aparecesse. E assim a Lurdes magra foi admitida em casa, para cuidar da minha mãe em tempo integral.

1984

Já passa da hora do almoço. Ela chega no banco do carona do Gol azul-universo sem olhar para o meu pai, que estaciona de qualquer jeito, avoado, preocupado com as contas, o horário dos remédios, a hérnia que está comprimindo o final da sua coluna.

Assim que descem do carro, percebo: ela carrega uma mala velha de couro, tão magra quanto ela própria.

Nós a recebemos com a disposição de quem acredita num divisor de águas: daqui em diante tudo correrá bem, nossa rotina voltará ao normal, a casa ficará limpa e minha mãe terá chances de se recuperar. Então deixamos a Lurdes magra à vontade para se instalar no quarto de empregada.

Mal ela avança pela cozinha — já vai cruzar as lajotas do quintal —, meu irmão, apenas com o movimento dos olhos, ordena que eu a siga. Não me diz que é para bisbilhotar, mas intuo.

Ela deposita a mala sobre a cama que foi da Nilcélia. Reparo na correção como dispõe as roupas no armário. Penso se aquele comportamento corresponde à tal "dignidade na pobreza", termo que talvez eu tenha ouvido na novela das sete.

Em algum momento daquela mesma tarde, meu pai dirige-se a ela, dizendo que há uma panela com comida na geladeira. Ele, que viveu sozinho numa pensão antes de se casar, tem esse tipo de percepção, de quando as pessoas têm fome. Não passou pela minha cabeça que alguém ainda não teria almoçado às três da tarde. E ao ver a Lurdes magra devorar a comida, penso na agência de empregos e sinto uma raiva tremenda da Nalva.

Mal dá tempo de cultivar a raiva, meu irmão me entrega a bucha para lavar a louça, pois agora eu troco de função na casa, como um coringa num jogo de cartas. Do mesmo modo, passo a comadre para as mãos da Lurdes magra e meu pai pode enfim voltar para sua mesa de trabalho no banco. Enquanto isso, meu irmão segue para a rua, para ver se as vizinhas sabem de uma empregada que aceite pousar numa casa de família. Já me habituei com o termo.

31 de outubro de 2019 (não esquecer essa data)

Vejamos.

Dizem que os substantivos estão localizados nas regiões posteriores do encéfalo, enquanto os verbos estão mais próximos das regiões anteriores. Não parece haver consenso entre cientistas sobre o que se perde primeiro. No entanto, linguistas já confirmaram: qualquer língua tem mais substantivos que verbos, embora a frequência dos verbos seja maior. Como os verbos são adquiridos depois, devido à sofisticação de seu uso, eles podem ser perdidos primeiro.

Penso. O que estou perdendo primeiro?

Além de verbos e substantivos, pacientes com Alzheimer perdem o rumo das pequenas histórias que contam, isto é, as histórias secundárias, aquelas que nos servem de apoio para amarrar a história principal — aquilo que realmente queremos contar; e esta, a história principal, também se perde, ou muda. Com isso, perdemos a coerência e nos tornamos pouco confiáveis. Com o tempo, também nos desligamos da realidade.

Mas será que esse não é mesmo o futuro de todos que contam uma história?

Na verdade, ainda não procurei um médico. E enfrento dificuldade para encontrar as palavras certas.

Reminiscências

Ela chegou para a entrevista com um conjunto puído e um sapato murcho feito uma ameixa. Vestida para um enterro. Talvez o seu próprio enterro. Seu nome era Lurdes, tinha oitenta e cinco anos e ficou conhecida entre nós como Lurdes velha.

A Lurdes velha não durou uma semana em casa.

A Gladys teria dito que não seria correto uma pessoa em idade assim avançada trabalhar. Meu irmão argumentaria que aquilo era muito natural.

Ele veio para a entrevista com um vestido apertado. Mostrou os músculos que poderiam suportar facilmente o peso da minha mãe. Sabia cozinhar, tinha trabalhado em hotel. Falou-se em preconceito, mas não havíamos saído de 1984.

Marido e mulher chegaram juntos para a entrevista. Impossível. Nossa casa era uma casa de família, não de duas famílias.

Reminiscências

O padre da paróquia mais próxima veio falar com minha mãe. Todos nós pensamos que de repente ele poderia tirá-la da cadeira de rodas, fazer um milagre. Criou-se uma expectativa. A vizinha beata levantou a sobrancelha e não disse nada, como se ela mesma estivesse passando por uma dura prova de fé. Ele veio paramentado, para nos dar esperança. Sentou-se numa cadeira ao lado da cama. Em dado momento, pôs a mão na testa da minha mãe. Ele tinha a voz branda. Eu não queria olhar, para não estragar o milagre. Enfim, conversaram amenidades. Ela, dopada de calmantes. Somente quando o padre foi embora, percebi que ele era um homem igualzinho aos outros. Toninho sacramentou: precisamos de um exorcista.

Não, um pastor não, pelo amor de Deus. Foi o que meu pai respondeu ao colega no trabalho.

1984?

Estou no anfiteatro onde acontece o culto, acompanhada pelos filhos da vizinha. É sábado à noite e não tenho nada melhor para fazer. Há um programa na tevê do qual já me cansei, com um apresentador loiro e gordinho que promove brincadeiras no palco e convida os mesmos cantores cafonas de sempre. Preferi vir ao culto, ainda mais após tanta insistência da vizinha.

O prédio da igreja é de tijolos vermelhos e se assemelha a uma escola. São oito horas da noite e está lotado de batistas com roupas de sábado. O auditório não parece grande assim à meia-luz e com as paredes pretas. Vai haver um show de rock, me disseram.

Então começa.

Primeiro sobe ao palco um homem animado, que dá boas-vindas ao grupo (ainda não sei se posso me incluir). Depois, sem demora, o homem eleva o tom e fala em Deus. Aos poucos, começa a falar diretamente conosco, buscando os olhos, um a um, de quem está na plateia. Não sei por quê, mas me lembro do apresentador loiro e gordinho da tevê. Os dois usam terno e gravata.

O homem aqui é um pastor. Seu discurso sobre a presença de Deus neste auditório termina com a apresentação dos componentes da banda de rock, que sobem ao palco. Não vai ser tão ruim como eu pensava. Os músicos são jovens e alegres, talentosos até. O som contagia, os equipamentos são bons, parece um show de verdade. Mas as letras... Tem algo de errado com elas. Ainda assim, a melodia funciona. Além do mais, estou sentimental.

Depois de duas ou três músicas agitadas, as pessoas ficam mais soltas e o pastor retorna. Ele tem carisma e bom ânimo, isso nos contagia. Enquanto ele discursa, nas pausas da sua fala rolam algumas vinhetas musicais, algo incidental. Todos parecem excitados, inclusive eu. Tudo me envolve aos poucos: o escuro, a música, as palavras. Talvez eu devesse deixar de lado as desconfianças. A música sobe, a voz do pastor também. Vêm as promessas em troca de fé.

Por que não tento pelo menos uma vez? Aquele que se prostrar e acreditar, alcançará qualquer coisa que desejar, qualquer coisa mesmo. Nessa hora, eu penso na minha mãe, meu único desejo é vê-la em pé. Então o pastor pede para que fechemos os olhos. Estou de olhos fechados, braços estendidos, feito cega. Pede para que fechemos os olhos e pensemos em Deus. Estou pensando em Deus. Na imagem do que desejamos. Minha mãe de pé. A música volta e o pastor fala por cima dela. Fala alto, com empolgação. Fala de novo. O prato da bateria ressoa pelo ambiente. Só falta um passo. Como todos à minha volta, enfim me lanço ao chão e, louca, histérica, grito para o mundo inteiro ouvir, grito mais alto que os que gritam ao meu redor, eu grito, eu grito: EU TENHO FÉ!

1984/1985

A rua onde moramos chama-se Sertões. Seu nome é um enigma. Nenhum morador aqui, adulto ou criança, sabe a razão dessa escolha — Sertões —, nem os moradores da vizinha Canudos.

Sertões é pequena e sem saída; com outras três ruas, incluindo Canudos, forma um quadrilátero que abriga cerca de vinte ou trinta famílias, quase todas de classe média ou média-alta.

Não há prédios ao redor; as crianças brincam livremente na rua, sem portões, cancelas ou cerca elétrica. Mas os assaltos estão começando. Nos últimos tempos, algumas casas tiveram seus jardins transformados em garagem e muitas guias foram rebaixadas.

Na parte central da Sertões ficam as casas de tamanho médio, com uma ou duas janelas no primeiro andar. Isso define, conforme meu irmão me explicou, o número de dormitórios da residência. Duas janelas na frente: três quartos. Uma janela: dois quartos. A nossa tem uma janela na frente. E assim Toninho me ensina a graduar a riqueza das famílias.

No final da rua, na parte sem saída, as casas maiores rivalizam em tamanho, beleza e acabamento. Ali se encontram a casa do japonês do Landau, com suas nove janelas contíguas, e eu me embaralho para descobrir o número de quartos. Deduzindo pela quantidade de carros na garagem, além do Landau, o japonês deve ser o homem mais rico da rua, embora minha mãe afirme que o mais rico é o turco, que tem motorista particular.

A nossa casa, por fatalidade, fica entre essas maiores. A nossa casa é um acidente terrível, que empobrece as vizinhas. E não há nada que possa ser feito. A não ser uma demolição.

Talvez por esse motivo eu ande sempre de cabeça baixa quando saio de casa e sigo pela Sertões. Talvez por motivo semelhante eu retire o avental do colégio estadual antes de encarar a pequena ladeira na volta para casa. Talvez pela soma desses e de outros motivos eu me angustie tanto com a doença da minha mãe.

Ela está drogada de calmantes, mas percebe minha agonia. Recomenda, com voz mole, que eu vá até a Sinhazinha ver a sorte no meio da tarde.

2019

Com quatro riscos sobre o papel, sou capaz de desenhar o mapa daquelas ruas. Duas, sem saída; duas, transversais. Canudos era transversal. Todas as quatro eram largas, com árvores nas calçadas. Não guardei nenhuma foto do local. Quando vou até lá, de carro, dou meia-volta no final da Sertões, com muita pressa e vergonha. Não quero que os vizinhos me vejam e comecem a fazer perguntas. Perguntas aparentemente naturais: se casei, se tive filhos, se afinal a doença da minha mãe era contagiosa ou não.

1984/1985

Estou a caminho da Sinhazinha. De repente, um Fusca laranja para no meio-fio e lá de dentro uma voz me chama. Me aproximo. O homem tem um bigode grosso, a pele clara, o cabelo chupado. Ele pergunta, repetidas vezes, por uma rua ali perto. Explico o caminho mais de uma vez, ele não entende, até que baixo a vista e percebo seu pau duro pra fora da bermuda. Não consigo desviar o olhar, então o homem trata de retirar a pele da glande com uma das mãos, para que eu observe melhor. Além de duro, tem feridas vermelhas em toda sua extensão.

Quando volto a encará-lo, o homem está sorrindo. Me afasto e acelero o passo. A rua deserta. Corro e alcanço a avenida, onde há um pouco de movimento de automóveis e pedestres.

Meu coração só se tranquiliza quando chego à casa da Sinhazinha, um sobrado na divisa entre a Aclimação e o Cambuci.

De pé, na sala, observo a insólita coleção de retratos na parede. São fotos de um cantor antigo, em diversas ocasiões de sua carreira. Me sinto fora do tempo, desgraçadamente infeliz por estar ali.

Sinhazinha vê meu futuro num baralho fedido, mas não consegue ver meu passado nem o incidente do Fusca e do homem de pau pestilento.

Virando com os dedos rápidos um ás de copas e um valete de espadas, ela diz que farei um casamento formidável.

Sinhazinha tem baixa visão e pouco mais de trinta anos, mas recebe uma entidade de vinte. Prevê riquezas.

Enquanto ouço essas coisas, tento fazer uma conexão mental, um tipo de telepatia, para ver se ela adivinha que neste momento, como sempre, minha mãe está mijando na cama. Minha mãe, que já foi sua cliente e lhe trouxe figas para que ela as benzesse para minha proteção.

Antes da doença, minha mãe costumava dizer que a Sinhazinha era a psicóloga dos pobres.

O dinheiro e os dias

A Sinhazinha não acertou nada, nem de raspão.

Uma das grandes aquisições da minha vida foi um carro popular, de mil cilindradas, zero quilômetro, quando o então presidente Fernando Henrique Cardoso, numa façanha mais abstrata que a própria matemática, facilitou o consumo para a classe média baixa e eu comprei um desses veículos com isenção de imposto.

Nos anos que se seguiram, com a inflação já controlada, meu pai começou a comer sua poupança diretamente na fonte e ter a real percepção de quanto tempo seu dinheiro iria durar.

Foi um período no qual pude trabalhar com certa estabilidade e fazer coisas que antes eram impossíveis para pessoas como eu, coisas como viajar para a praia e comer em restaurantes.

Para resumir esses tempos, pode-se dizer que em meados dos anos 1990 uma parte da população tinha um telefone móvel, mesmo sem entender muito bem sua serventia. Segundo alguns, esse foi o maior feito de FHC.

Porém, nem sempre foi assim. Na década anterior, isto é,

nos primeiros anos da doença, um telefone fixo era sinônimo de riqueza e nós tínhamos um aparelho em casa, além de uma extensão no andar superior do sobrado. Pela extensão, ouvíamos a conversa das empregadas com seus parentes no Nordeste e sabíamos de antemão o que elas planejavam fazer, inclusive nos deixar, para ir trabalhar em outra casa de família.

Certas coisas ninguém pode prever.

Outubro de 1983

Hoje faz quinze ou vinte dias da primeira madrugada de todas. Minha mãe regressa do hospital numa cadeira de rodas e as vizinhas da rua Sertões se mobilizam para lhe dar boas-vindas.

Volto da escola e vejo minha mãe cercada por cinco ou seis mulheres, entre elas a esposa do japonês do Landau, que fala baixinho com voz de seda; a mulher do turco (que na verdade é libanês), com o braço coberto de pulseiras de ouro; e outras vizinhas menos abastadas, mas ainda assim mais ricas que nós. Elas encomendaram bolos e salgados a uma das melhores confeitarias de São Paulo; também compraram flores frescas de tons suaves, que devolveram à casa o aspecto de lar.

Depois que as mulheres se vão, passo o resto da tarde comendo as sobras do lanche.

Minha mãe, drogada de calmantes, fala das visitas com uma felicidade superlativa, feito um boneco inflável.

As vizinhas da Sertões demonstraram uma solidariedade que nunca imaginei que pudesse brotar dessa gente. Muito embora, eu desconfie, esse gesto não vá se repetir.

Reminiscências

No dia a dia da doença, apenas as vizinhas mais pobres nos ajudaram verdadeiramente. Contudo, somente quando pedíamos a elas; nunca de modo espontâneo. Tínhamos vergonha de pedir aos mais ricos.

Muitas vezes, foi a empregada do japonês do Landau quem veio carregar os cem quilos da minha mãe quando meu pai estourou as costas. Eu tocava a campainha da casa ou batia na porta lateral do quartinho dela pra pedir ajuda. E aquela mulher simples, de meia-idade, largava o cigarro ainda aceso no cinzeiro, expelia a fumaça na direção contrária à minha e falava: Vamos lá. No Natal, dávamos uma caixinha gorda pra ela, que a princípio tentava recusar, mas eu insistia e ela olhava aquelas notas entre os meus dedos, olhava assim com olho de peixe morto, pensativa, para em seguida apanhá-las tão rápido quanto um mágico manipulando suas cartas.

1985?

Abro os olhos. Vejo o estrago todo de uma vez, como se eu não tivesse acompanhado cada coisa trocar de lugar e função.

A antiga sala no térreo do sobrado agora é o quarto da minha mãe. Apesar da enorme janela de correr que dá para a rua, o cômodo nunca foi muito iluminado: uma cobertura de amianto na garagem impede a entrada de luz. Por essa razão, centralizado no teto, há um grande lustre de vidro, que chama a atenção para si, com muitos recortes e várias lâmpadas de cem velas.

No tempo em que a sala era sala, tudo era mais bonito, embora um tanto brega. A televisão de tubo ficava num aparador escuro entre duas paredes. Combinando com o carpete marrom, um sofá com listras nas cores preta, branca e uísque, formado por módulos individuais que podiam ser dispostos conforme o senso de decoração de cada um; minha mãe gostava de juntá-los em forma de U, de modo que as pessoas pudessem se sentar de frente umas para as outras e também para a televisão. No meio da sala, havia uma mesa de madeira clara, baixa, muito baixa, onde eu fazia lição quando pequena. Eu vivia nessa sala.

Agora, com a doença, o ambiente passou por alterações.

Não sei o que foi feito da mesa baixa de madeira clara.

O lustre permanece no mesmo lugar, majestoso, orgulho da família.

As poltronas que compõem o sofá foram deslocadas para uma antessala que chamamos de hall. No quarto, restam apenas três módulos, que juntos formam um sofá durante o dia e, à noite, servem de cama para a auxiliar de enfermagem.

A cama de casal, centralizada no meio do aposento, é um móvel Lafer, e isso tem algum valor. Um móvel Lafer de laca branca, cujos pés foram elevados por duas listas telefônicas que servem de calços. Isso aconteceu a partir do momento em que as pernas da minha mãe incharam a ponto de ela ter uma trombose. Com seis injeções importadas, tomadas na barriga, tudo se resolveu, mas, por precaução, as listas telefônicas permanecem no mesmo lugar.

No canto perpendicular à cama, foi disposto um pufe do mesmo jogo listrado das poltronas, sobre o qual se acumula uma montanha de travesseiros, fraldas e toda sorte de toalhas e retalhos de pano. Há também um encosto triangular, desses que se compram em casas de materiais ortopédicos, encimando a cordilheira de amontoados. Os panos e as toalhas servem para limpar minha mãe, bem como para calçá-la para dormir.

Ao lado da cama, a cadeira de rodas: uma estrutura niquelada, com assento e encosto de couro azul, e borracha nos acabamentos. Para descanso das pernas, há três níveis de altura, com ajustes mecânicos. Uma cadeira bastante comum e pesada.

Por último, entre a parede da janela e a cama, uma mesinha de cabeceira, onde fica o aparelho telefônico da casa. Na gaveta: esparadrapo, talco, creme para assaduras e gaze.

Essa é a ordem das coisas neste momento.

Deitada na cama, minha mãe mija na comadre e um odor de remédio toma conta do ambiente. De cócoras a seu lado, apertando sua bexiga enferma, a mineira hippie, que está cobrindo a folga da Lurdes magra. O cheiro de urina e doença se mistura ao cheiro de erva impregnado na roupa da empregada. Ela tem um cabelão gigante e ar intelectual; a mineira hippie é diferente das outras empregadas que passaram por aqui.

Ela me diz: *Tem coisas que você precisa saber: o* AI-5... *A gente era novinho lá em BH e havia toque de recolher, tem amigo nosso que desapareceu. Censura. Eu mesma participei de greve, pois, você sabe, o trabalhador tem que lutar pelos seus direitos.*

Eu sei?

E bateram na gente, e muitos de nós foram parar na cadeia. Repressão, menina. Agora as coisas estão mudando, tem amigo voltando, mas ainda é perigoso. Você pensa o quê? Eu estudei, cheguei na faculdade... No *grêmio, a gente discutia política, geografia, história, a gente tem que discutir política, sabe...* E *por causa da greve, eu me dei mal.*

Pergunto se é por causa da greve que ela foi trabalhar na nossa casa.

Ela retira as mãos do abdômen da minha mãe, que imediatamente para de fazer xixi, e, num tom mais baixo, como se dissesse as palavras para dentro de si, conta que foi parar na nossa casa porque havia engravidado.

Minha mãe me expulsou de casa...

Nisso, ela se aborrece e vai apanhar mais água para enxaguar minha mãe.

Além da maconha, a mineira hippie tem um fraco irremediável por álcool, o que obrigou meu pai a marcar o rótulo das bebidas para verificar quanto de líquido baixa por dia. Ela acaba de ser contratada e já será mandada embora.

A mineira hippie perdeu a timidez e começou a beber o tempo inteiro; então tivemos que jogar fora todas as garrafas. Isso também não adiantou — ela sai todos os dias para comprar pinga e volta de pilequinho. Nesse estado, cozinha, limpa a casa, lava a roupa. E me conta algumas coisas: "Você sabe que o cálculo é por volta de quatrocentas pessoas?".

...

"Desaparecidas. Na ditadura."

Prossegue diante da minha cara de idiota:

"Esses desgraçados vão embora e vão deixar uma dívida externa estratosférica... É preciso esclarecer: quem ficou com a maior fatia do bolo? Minha gente lá de casa é que não foi, porque o salário mínimo caiu cinquenta por cento nos últimos vinte anos... Seu pai, seu pai também é assalariado, deve saber disso."

Permaneço muda, com vergonha de não saber nada a esse respeito.

Ninguém em casa toca no assunto.

Por cansaço ou desesperança, meu pai leva a situação por mais um tempo. A nossa e a da mineira hippie.

Domingo à noite. Toninho deposita a mochila da mineira hippie num canto do asfalto próximo à casa do japonês do Landau, e se esconde. No gesto ou nos olhos do meu irmão, ou em ambos, há algo com o qual eu não concordo. Mas cabe ao meu pai apontar a mochila, retirar algumas notas dobradas de dentro da carteira e dirigir-se à empregada com poucas palavras, bem ali, debaixo da janela do japonês do Landau. Ela esperneia porque está bêbada. Depois, cata suas tralhas e sai quieta, pelo mesmo motivo.

As coisas seguem assim, meio atabalhoadas.

A todo momento, faço contas, estimativas, revejo prazos. Meu único desejo é que minha mãe volte a andar, mesmo de muleta. Se isso der certo, vamos nos livrar dessa gente em nossa casa.

1984? 1985?

Há centenas de cadeiras de plástico enfileiradas sob uma enorme tenda azul. Acordamos de madrugada para vir aqui. Haverá dezenas de atrações (me prometeram).

Posso dizer: quando aceitei o convite, eu tinha expectativas em relação ao passeio. Agora já não tenho nenhuma.

Aceitei o convite de uma amiga para vir ao encontro anual da Seicho-no-ie porque os pais dela disseram ao meu que é para eu me distrair um pouco. Todos me levam a algum lugar para que eu me distraia.

Um homem de terno acaba de subir ao palco: o dia será maravilhoso, pensamento positivo. Ainda estou relativamente empolgada. Mas vai passar, sinto que vai passar. Passou.

Agora eu soube que devia ter trazido um lanche. Mas a mãe da minha amiga enviou uma marmita para mim. Já são nove horas e acontece o primeiro intervalo.

Dentro da marmita que me prepararam há bolinhos de arroz frios enrolados com alga. Quanto mais eu mastigo, mais a alga cresce na boca e se torna uma massa fibrosa sem gosto algum. Quero cuspir. Cuspo dentro do guardanapo; fecho a marmita e disfarço a fome.

O dia não termina. Uma série de palestras sobre o sentido da vida, o sentido da morte e a falta de sentido. Um show de harpa no qual uma garota quase da minha idade tem o rosto coberto de maquiagem e manipula esse instrumento monumental como se ela fosse uma princesa de um tempo muito antigo. Em seguida, uma apresentação de dança com um homem muito gordo em roupas sumárias. Ele ri com a plateia. Ri de si mesmo. No desenrolar do show, percebo que ele ri é da plateia. Essa atração chega a me agradar por um tempo. Depois: leituras, depoimentos, palmas. E eu sei por que vim: aguardo ansiosa pelo momento em que uma entidade desta religião tire minha mãe da cadeira de rodas. Tenho certeza que meu pai permitiu que eu viesse com essa intenção. Espero impaciente por esse momento.

Então descubro que não se trata de religião, mas de uma filosofia. Aquelas frases todas do calendário atrás da geladeira, aquelas frases boas, calmas e esperançosas, aquelas frases eram apenas palavras humanas. E constato que nada vai alterar a condição da doença.

1985?

A Nalva cobra o primeiro salário adiantado do cliente. O primeiro salário da empregada também vai para o seu bolso. Assim, ela consegue manter seu negócio num prédio de dois andares próximo ao metrô, com uma sala com ar-condicionado e cadeira giratória, a sua sala.

No térreo, há um sofá afundado e meia dúzia de cadeiras. O ambiente costuma ficar lotado de segunda a sábado, com mulheres de idades variadas, quase todas com a mala de roupas aos pés. Num dos cantos, vê-se a jovem recepcionista atrás de uma mesa de ferro verde. Ela organiza as fichas das moças e, quando os futuros patrões chegam, ela é a responsável por apresentar as candidatas. Geralmente, passa-se o olho ali de pé mesmo e uma ou outra já é descartada na hora.

Depois, candidata e patrão conversam numa pequena sala localizada ao lado da recepção. A candidata, na maioria das vezes, muda ou monossilábica.

Quando o caso enrosca, isto é, quando nada é acertado ou se algo dá errado, o futuro patrão é encaminhado para a sala da

Nalva no primeiro andar. Tomam café juntos e a Nalva busca apaziguar a situação.

Meu pai e meu irmão apanham as empregadas na agência, assinam papéis responsabilizando-se sobre aquele ser e sobre aquela mala tão solitária — quase sempre uma mala antiga de um parente que já morreu.

Sobre a mesa da Nalva, uma agenda, o telefone e vários cadernos de classificados.

Por que os ricos são ricos? Por que a Nalva anda toda enfeitada, unha comprida esmaltada, brincos de argola, cabelo pintado, escovado e firme a qualquer hora do dia, e as empregadas não?

A Nalva já foi empregada doméstica. Penso e repenso sobre isso.

Agora é de noite, mas de tarde eles trouxeram a Francisca da agência.

Neste momento estamos no meu quarto. Participo da reunião como principiante. Meu irmão tem um plano para economizar nos gastos com a Nalva. Segundo ele, a dona da agência capta as empregadas pelo jornal, não faz mais nada além disso. Na próxima vez, ele diz, vamos anunciar nos classificados, e sairá bem mais barato que a taxa da agência, sem contar que a Nalva inflaciona os salários. Faz sentido. Mas como as empregadas chegarão ao nosso endereço? A Nalva tem um motorista que vai até a rodoviária apanhar quem chega de longe. Essas pessoas não conhecem São Paulo. Meu pai argumenta. Meu irmão defende que devemos arriscar: essa gente sempre tem parente já estabelecido em São Paulo, alguém capaz de usar o telefone. Alguém que quer se livrar do recém-chegado. Vamos tentar. Ok, vamos tentar na próxima vez, meu pai assente.

No dia seguinte, desço as escadas do sobrado e a Francisca sorri para mim na cozinha. Ela tem o cabelo negro brilhoso, os dentes pequenos, como se fossem serrados. Para o almoço, prepara arroz à grega e bifes macios. Como com prazer, gosto do jeito dela. Seu coração bate, ao contrário do órgão gelado que ocupa o peito da Lurdes magra.

Alô? Tá me ouvindo? Alô!

Menina, sou eu. Ara, eu quem? Francisca! Deixa eu falar loguinho, antes que a ficha acabe. Tô em São Paulo!...

Hein? Como é que é aqui? Eu não vi! Não, ainda não. Só deu pra ver um pedaço, da rodoviária pra cá...

Então, o motorista já tava na porta quando eu desci. É... Veio, me trouxe. Me levou pra agência; tudo certo, tudo certo. Deu certo. Mas deixa eu falar: tô numa casa de família.

Ah é? Como tá a mãe?

Mas deixa eu falar, a casa de família... Então, quando avistei o sobrado, pensei... Menina, um castelo no meio de outros castelos. Palacete. As janelas de madeira pintadas de azul, com arcos amarelo-ouro em toda a volta, emoldurando, sabe? E as paredes caiadas... Escuta, a patroa me ensinou o nome, mas há de ser falado como aqui na capital, com a boca fechando em bico: estilo colonial. Eu guardei isso pra mim. Guarde tu também.

Agora espera, tá passando moto...

Mas que pressa de contar as coisas! Desse canto eu já sei de tudo. Deixe eu lhe contar daqui, pois é novidade.

Então, entrei na casa com respeito e um medo tremendo de tornar a subir no ônibus de volta a General Sampaio! Já pensou? Três noites, quatro dias, pra dar de cara com Fatinha, Lenira e Cesária? Afe! Tesconjuro! Você sabe, você é a única que sabe. Não abriu a boca pra ninguém? Apois, aqui tem cama, comida e salário. A cama é de armar, com um colchão fino e um lençol que eu vou tratar de manter limpo. O meu quarto... sim, eu tenho um quarto, ele fica no fundo do quintal, mas quintal aqui se afigura como a coisa mais estranha do mundo, sem terra nem árvore, é todo feito com piso que pra mim é cerâmica, mas eles, os donos da casa, chamam de lajota. Lajota pra mim é uma laje pequenina assim.

Mas deixa eu te falar o fato principal. Domingo eu chorei, é... chorei escondido, é... por falta dele: Onório mais eu — na foto pintada dentro da mala. Sim, eu carreguei comigo. Sim! A fotopintura. Sabe, a menina da casa pensou que era quadro, mas eu disse que era foto. No Ceará foto é assim.

Vai cair a ligação. Vai cair.

...

Reminiscências

A chegada da Francisca possibilitou um período de equilíbrio. Nós três, eu, meu pai e meu irmão, ganhamos tempo, tempo de fato, tempo até para o ócio. Passei a demorar no banho, admirar o céu e ler os restos de jornais espalhados entre as coisas do meu pai.

1985?

Tudo ia bem até o corticoide dar nova vida às pernas da minha mãe e ela, marrom, inchada feito um frango empapuçado de hormônio, rindo sem motivo, como se não fosse ela, voltar a ser capaz de se sentar sozinha na beira da cama.

Rapidamente, por esses dias, preparamos um gesso duro para amparar suas pernas, e ela ensaia ficar de pé, joelhos grudados nos joelhos do fisioterapeuta, que ri ligeiramente de nós.

O fisioterapeuta é um homem branco de seus trinta e poucos anos, que leva uma capanga de couro debaixo do braço, por cima do jaleco. Ele vem ver minha mãe duas ou três vezes por semana desde que ela saiu do hospital, durante exatos quarenta e cinco minutos, e repete sempre os mesmos exercícios. Ela, passiva, plena de calmantes. Eu me sento ao seu lado na cama, enquanto o fisioterapeuta realiza manobras com os braços e as pernas da minha mãe. Não dá para saber aonde ele pretende chegar com isso. Até pouco tempo atrás, parecia que ele movia um morto-vivo.

Mas recentemente o neurologista intensificou o corticoide e minha mãe incha tanto quanto uma salsicha fervida ou, ainda, como um desses frangos congelados, embalados em um plástico agarrado ao peito quase a estourar. Um frango super-homem. E a revolução se dá.

De repente, o fisioterapeuta percebe que não pode continuar com aqueles exercícios mequetrefes dos primeiros dias, os nervos sob a pele da minha mãe voltaram a despertar e ela recupera os movimentos.

Parece milagre e eu vibro ao ver minha mãe de pé, joelhos grudados nos joelhos do fisioterapeuta, eu que já tinha praticamente desistido. Fico feliz, mas não feliz demais, pois o fato de o fisioterapeuta parecer rir, e não sorrir conosco, me põe em alerta.

Ô, menina. Sou eu, eu, Francisca. É, Francisca.

Ué? De onde? De São Paulo.

Tô bem, eu tô. Hoje comprei mais fichas. Me dê notícias. Diga...

Olhe, engordei! O quê? Não sei... sim... pra mais de cinco quilos!

Olhe, deixa eu falar: levei um tempão pra contar que ele poderia vir qualquer hora atrás de mim. Ora, quem? Onório! Contei pra quem? Sim, pra família. Mas não tem mais volta não. Você sabe, você sabe tudo o que aconteceu.

É, é, é!

Mas não tinha mais jeito não. Eu não podia costurar, não podia não. Não podia sair, não podia não. Só pano e mais pano por cima do corpo. Não podia fazer unha, não. Eu não podia mais com Onório. Eu era toda apetrechada, e depois não. Depois de Onório. Ele arengava mais eu. Mas deixa eu falar: a vida aqui é boa. Não faço questão de sair, não. Sábado, domingo, dia de feriado, prefiro não folgar. A mulher me ouve, às vezes me aconselha.

Melhorou: sim, tá tomando remédio pra dormir, mas agora é mais fraquinho. Parece que vai botar um gesso nas pernas e voltar a andar. Eu tenho é dó da menina, filha dela, já é mocinha, a pobre. Engraçado: ela fala "zoado", que é o mesmo que mangar dos outros.

Diga, diga. Hein?

Onório? Você viu Onório?

Diga...

Não fale nada a ele, visse? Eu vou pensar.

Hein?

Se tenho saudade... é tudo o que eu tenho na vida!

...

Por que eu tô em silêncio?

Tava lembrando...

Mas agora preciso desligar, a mulher tá me esperando.

Adeus. Adeusinho.

1º de novembro de 2019 (recomendável demarcar datas, usar agenda, deixar instruções, anotar, anotar, anotar)

Angústia. Essa é uma das poucas palavras que não preciso recuperar. Também há outras questões, como descobrir termos novos para aquilo que não quero nomear.

Surto, por exemplo, era um termo novo para mim até minha mãe ficar numa cadeira de rodas. Surto consistia na denominação que os médicos davam para os ciclos de avanço da doença. A cada surto surgiam novas sequelas, com as quais teríamos de lidar por mais despreparados que estivéssemos. E sempre estávamos.

Agora eu sei, na primeira madrugada de todas, minha mãe teve seu primeiro surto, o mais forte de todos. Estávamos na segunda quinzena de setembro e o inverno não dava mostras de ceder. Lembro-me de usar uma japona com forro de náilon e de não tirá-la nunca, nem para dormir.

Como os seres humanos buscam explicação para tudo, naquela ocasião concluímos que os problemas sempre viriam com o frio. Uma doença originada pelo frio. Um mal dos países de clima temperado.

E pensar que sempre desconfiamos que minha mãe era mais fraca e mais estúpida que nós porque sua ascendência era indígena... Pelo menos era o que meu irmão dizia, e eu olhava para o meu pai e ele balançava a cabeça em concordância, com um leve sorriso que até hoje não sei se de ironia ou idiotice.

No fim das contas, por acreditar que se tratava de uma doença do frio, passamos a imaginar se os antepassados da minha mãe teriam vivido na Europa. Como naquela época eu ainda não havia estudado sobre imigrações, sistema colonial e genética, era capaz de confiar na existência de um bisavô sueco.

Agora chego a rir dessas conclusões.

Noto que já estou descansando sobre a cama arriada. Hoje é o primeiro dia de novembro e nem acredito que sigo no mundo e que o mundo continua girando em torno do sol no ano de 2019 da era comum. Penso: preciso voltar para casa, para a minha casa atual, embora esta casa aqui, de portas e janelas azuis, seja o último substantivo que irei esquecer.

Fecho a janela porque o vento eriçou os pelos do meu braço e me sinto coberta por uma fina camada de gelo.

Contrariando nossas expectativas, o segundo surto ocorreu no verão de 1984 e levou minha mãe para sua segunda internação, quando a Lurdes gorda palmilhou cada trecho de cimento da calçada do Hospital das Clínicas, fumou quantos Derbys pôde comprar e não parou de pensar na sua filhinha em algum canto, em algum canto qualquer.

Um surto começava com uma febre alta no meio da noite, além de um cansaço tão grande que até mesmo um corpo imóvel sobre a cama era capaz de demonstrá-lo. Naquela época, com catorze anos, não tive presença de espírito, por isso não consultei um dicionário, onde facilmente encontraria a acepção da palavra: manifestação súbita e intensa de um fenômeno. O certo é que me habituei a designar surto como uma época maldita, quando descíamos mais um degrau da escada que se afunilava em direção ao fim.

Houve outros surtos em outras estações, obviamente. Um deles estava escrito no sorriso do fisioterapeuta, aquele que ria de nós. Ele sabia, com certeza ele sabia e não disse nada. Um ano depois da segunda internação, eu acho.

Tenho impressão de que era outono e que minha mãe passava por uma sessão de fisioterapia acompanhada de boas risadas; eu, meu irmão, a Lurdes magra e a Francisca, todos muito felizes.

As pernas da minha mãe atendiam ao comando do fisioterapeuta de modo abrupto, com um pequeno atraso e desprovidas de controle fino, mas atendiam. Atenção: levantar... dobrar... girar o corpo...ajudar com os braços... sentar o tronco na cama... colocar as pernas pra fora da cama... isso, muito bem, agora me dê suas mãos: força! Um impulso! Joelho com joelho! Levantar! Isso!

Minha mãe de pé era como se ela estivesse de volta — foi o que pensei sem pensar.

Dali a pouco, ela daria os primeiros passos. Então nos apressamos em modelar um gesso duro para amparar suas canelas, uma espécie de aparato que cobria a parte de trás das pernas, do calcanhar ao início do joelho.

Quando tudo ficou pronto para o primeiro teste, eu me sentia perplexa, não conseguia atinar como alguém entorpecido como a minha mãe naquele momento poderia compreender a imensa responsabilidade de dar aquele passo. Pensei em fechar os olhos, mas eu queria ser grande. Amarramos o gesso em suas pernas e o fisioterapeuta refez toda a manobra, e dessa vez foi pra valer. Estávamos todos reunidos, até meu pai saiu do trabalho mais cedo para acompanhar o que seria o renascimento de nossa família. Num dado instante, o fisioterapeuta afastou seus joelhos dos joelhos da minha mãe, deu um passo para trás e disse: Agora é a sua vez. Minha mãe não titubeou, o comando partiu do cérebro, determinado; todos aguardamos o movimento por um instante, mas ela cambaleou e caiu de novo na cama feito um elefante recém-parido.

O gesso se partira ao meio.

O gesso se partira ao meio. E, como se não bastasse, horas mais tarde um espasmo levou o antebraço da minha mãe até o coração, onde permaneceu paralisado; seu ombro tornou-se rígido.

O dr. Fernando, que era um homem alto, de olhos azuis e vestia camisas também azuis com as iniciais de seu nome bordadas na altura do peito, atendeu prontamente o chamado. Ele chegou dirigindo seu Monza preto, com os vidros abertos, por onde saía uma música clássica.

Assim que o dr. Fernando entrou, minha mãe pediu mais uma dose de corticoide. E ele nem coçou a barba nem esfregou o nariz nem piscou: Posso ministrar uma dose diretamente no ombro; aliás, três doses.

Ficamos maravilhados.

Ao término da consulta, meu pai costumava acompanhar os médicos até o carro, para lhes entregar um cheque alto e cobiçar seus automóveis confortáveis e bem cuidados. Naquela noite, segui meu pai até a rua, mas não consegui ver o valor do cheque; reparei apenas no semblante despreocupado do médico e no músculo da bochecha do meu pai que saltava involuntariamente. O carro acelerou no fim da rua e o músculo continuava se mexendo.

Ao final do terceiro dia, após três aplicações de corticoide, o ombro da minha mãe amoleceu, mas amoleceu de tal modo que seu pescoço parecia uma lesma embriagada: o queixo tombou sobre o peito e ela não conseguia sequer levantar o rosto para assistir à televisão.

Acho que a dose foi exagerada, o médico admitiu.

Minha mãe ria daquilo tudo e então nós imaginávamos seu riso, pois ninguém conseguia ver seu rosto tombado. O fato é que ao final do terceiro dia ela foi dormir novamente sem sentir as pernas. E tudo voltou a ser como antes.

Ano?

Antes de dormir, ouço no rádio que a emenda Dante de Oliveira, que prevê eleições diretas para a Presidência da República, foi rejeitada pela Câmara.

Não sei muito bem o que é uma emenda, tampouco quem é Dante de Oliveira, entretanto, pela voz do locutor, a notícia não parece boa. Demoro a pegar no sono.

De madrugada, meu pai acende a luz e acorda meu irmão. Dessa vez eu também me sento na cama e abro bem os olhos. Os dois me encaram, mas continuam a falar entre si. Meu pai usa uma camisa de manga curta e eu reparo na carne fraca de seus braços — como se ele tivesse perdido a força de um dia para o outro.

Ela não vai mais voltar a andar, nunca mais. É o que ele diz.

Fico horas sem dormir.

Logo pela manhã, ele sai bem cedo e retorna com um folheto no bolso, um folheto distribuído por uma associação de pessoas com a mesma doença da minha mãe. Meu pai conta que esteve com o diretor da associação — também enfermo. São só palavras: mal degenerativo, autoimune, surtos intermitentes e de caráter progressivo.

Novembro de 2019

Num dado momento, após a visita à associação de médicos e enfermos, meu pai passou a se referir à doença da minha mãe por meio de uma abreviação, usando as duas letras iniciais de cada palavra que compunha seu nome. Aquilo me magoou enormemente. E eu não sabia por quê. Ele matraqueava EM, EM, EM, EM, e eu quase implorava: por quê? Ele soltava um riso de quem sabia que me provocava, enquanto machucava a si mesmo.

Mas agora, enquanto fecho a porta do quarto de empregada e atravesso a casa vazia, compreendo. Usar aquelas duas letras para designar a doença da minha mãe o distanciava dela, da casa, de nós e, por fim, do mundo. Foi a partir dali que começamos a perdê-lo.

Hoje eu sei, com a idade, perdemos músculos. Hoje eu sei o que deveria saber de todo o sempre.

1985?

Mainha? Mainha?

Não fale assim, eu lhe amo, eu lhe amo.

Escute!

Não, não é verdade.

Tá tudo bem, sim.

Não, a mulher não vai sarar. Já tivemos a notícia. Vai viver assim, na cadeira de rodas, pra sempre. Sim, eles disseram a ela, mas não precisavam dizer, ela já sabia.

Olhe, tomei coragem e contei tudo pra família, sim, a verdade.

Pois sim, contei. Sobre Onório também. A mulher vai entender. Mas pode acontecer que ele não venha… E, olhe, hoje eu me esqueci de secar a mulher antes de botar a fralda, tão doida que eu tô. É folga da outra moça, quando ela tá de folga, sou eu que limpo a mulher. Na cama mesmo. Nesse dia é o marido dela quem cozinha. Mas por que eu tô doida? Ora, é Onório lá, eu cá.

Será que ele vem, mainha?

Escutou agora? Caiu uma ficha…

Isso… Em março, em março volto pro Ceará.

General Sampaio não! Fortaleza, mainha, Fortaleza.
A última ficha caiu. Não tenho mais outra, não.
Eu lhe amo, eu lhe amo.
Isso, isso.
...

Onório veio num dia de domingo, alguns meses depois. Tocou campainha.

Dentro do castelinho, a família entristeceu. Baixei os olhos e sussurrei: é ele.

O tal Onório entra na sala de casa, e eu logo me lembro da fotografia: a tabuleta com pintura inventada que Francisca nos mostrou no dia em que tomou coragem. Parece de outro século. Ele: cabelo engomado, terno e gravata. Ela: vestido escuro com babado no peito, como foto de documento, mas é de lembrança apenas. Avós de si mesmos. E eu tenho pena de Francisca. Nem sequer imagino que ela também tem pena de mim.

Francisca murmura "É ele", sem nos encarar, mas há uma felicidade escapando pelo meio sorriso que se forma em sua boca, e nessa hora descubro que seremos uns desgraçados outra vez. Quando uma boa empregada sai de casa, leva muito tempo para que outra tome seu lugar, aprenda tudo o que precisa aprender e chore no quarto dos fundos para um dia também ir embora.

A Francisca é a primeira empregada a deixar nossa casa sem estardalhaço. Com paciência, aguardou a contratação de sua substituta, ensinou-a a fritar bifes e a esticar a roupa de cama de acordo com o gosto da família: sem prender as cobertas por baixo do colchão, porque ao dormir não gostamos dos pés presos ou duros como os de um defunto.

Hoje, seu último dia conosco, Francisca arrumou sua mala devagar (mesmo que já estivesse pronta havia dias), fez questão de cuidar ela mesma do almoço e rezou sobre a Bíblia que carrega consigo. Quando não restou mais nada a passar, lavar ou secar, fez inúmeras recomendações à sua substituta, uma mulher troncuda e com cabelo masculino, recém-chegada de Garanhuns.

Sem dúvida, há um silêncio maior que o de costume, assinalando nosso inconformismo.

Ignoramos que o marido da Francisca já se encontra sentado no meio-fio, na esquina da rua, desde a primeira hora da manhã.

De todo modo, não é mais possível esticar a tarde. Francisca penteia o cabelo da minha mãe. É seu jeito de dizer que chegou a hora.

Não carregamos nenhum caixão, mas nossos passos seguem pesados, em escolta. Francisca nos deixa plantados atrás da grade do portão, destinados a conhecer cada palmo do Nordeste sem sair de casa, sem descanso e sem escolha.

Assim que Francisca e o marido afastam-se de nossa casa, meu pai entra, seguido da Lurdes magra empurrando a cadeira da minha mãe. Permaneço por um momento do lado de fora, vendo o casal seguir de mãos dadas; ele, de terno listrado escuro, carregando a mala; ela, com uma saia preta e uma blusa vermelha que lhe assenta muito bem, um vermelho vibrante como ela toda neste dia. Saem caminhando devagar, ora muito juntos, ora mais afastados — com os braços distendidos, próximos, as mãos a roçar os corpos.

Quando passam a lombada, onde parece que a rua termina, perco os dois de vista; mas não, após a elevação, principia uma descida.

Torci, até quando fui capaz de me lembrar de Francisca, para que ela permanecesse sempre feliz como no dia em que nos deixou.

Francisca não foi registrada em nossa casa, não gozou de nenhum direito trabalhista, não comeu à mesa conosco; limpou nossas privadas, lavou minhas calcinhas e as cuecas do meu pai, passou as camisetas com as quais eu estudava; fritou bifes e limpou o fogão centenas de vezes, sem auxílio de nenhuma máquina, com produtos baratos e trabalhosos. Dormiu numa cama de armar onde outras antes dela e depois dela dormiram bêbadas, sujas de homem ou molhadas de suor, perfumadas com sabonete de sândalo, com frieiras nos pés, benzidas pela igreja, excomungadas pela família, com dores de barriga ou de aborto, com o coração tranquilo após a novena ou atribulado com uma promessa feita — Francisca dormira nesse mesmo lençol. E não só. Francisca viu-se no mesmo espelho que suas antecessoras. Um espelho retangular, emoldurado por um plástico branco e rosa, que lhe mostrou suas rugas do passado e do futuro, e diante do qual espalhou seguidas vezes água-de-colônia pelo pescoço, logo após o banho no chuveiro de poucos watts que espargia água morna, no banheiro cuja porta se fechava imperfeitamente com um pedaço de fio de cobre. E não só. Francisca esfregou o limo entre as lajotas do quintal, mesmo nos dias em que chovia e o tempo esfriava, tornando seus pés, sobre o chinelo de dedo, dois cubos de gelo no inverno de São Paulo. Francisca dormiu com um antigo cobertor de passar roupa da minha mãe, que cheirava a ferro queimado. Os pertences da Francisca dividiam espaço com as roupas brancas e surradas da Lurdes magra num guarda-roupa feito de cola e pó de madeira, envergado e sem cabides. Mesmo assim, seu rosto era grato. Ao mesmo tempo que sentia uma dor indefinível por nos deixar, alegrava-se por estar ao lado do marido, de volta a uma vida à qual não tinha fiança de nada.

Setembro? Ano?

Seu antebraço se estende na minha direção, e os dedos da mão, embora tortuosos por terem permanecido fechados por duas semanas — as unhas cortando sua carne —, abrem-se agora para receber o copo plástico com água; assisto à minha própria mão encaixando o copo no espaço entre seus dedos, a temperatura fria de sua pele. Repouso o copo como se houvesse colocado a última peça num castelo de cartas. Ato contínuo, o plástico é esmagado pelos dedos descontrolados da minha mãe; o líquido voa, desenhando no ar uma trajetória sinuosa.

Num rompante, quero agarrar aquela água com as mãos espalmadas, como se pudesse impedir o desastre, todos os desastres.

Enquanto vejo o curso da água se espalhar e banhar as superfícies ao nosso redor, o corpo da minha mãe sofre um espasmo súbito, pernas, braços e costelas tremem por segundos e ela escorrega na cadeira de rodas, sem chegar a cair no chão. Rápido, levanto os pés da cadeira, para que seu corpo, embora meio tombado, continue ali recostado, até alguém chegar da rua para nos ajudar.

Então ela ri, porque não há o que fazer. Eu rio para que ela não ria sozinha.

Acontece às vezes de ficarmos sem empregada e sem enfermeira, quando ambas tramam de sair e não voltar mais ou ainda quando nosso cansaço, furor, indignação são tão extremos que as expulsamos com o braço indicando a porta da rua. Nesses momentos, avistamos o japonês do Landau na janela, testemunha do nosso show familiar.

Quando essas coisas acontecem, eu e meu irmão nos alternamos para cuidar de tudo, da casa e da minha mãe.

Hoje, nós duas temos que esperar até a noite. Meu irmão não está em casa. Tenho vergonha de incomodar os vizinhos. Ontem mesmo precisei do auxílio de duas mulheres da nossa rua.

Temos que aguardar.

Já é noite. Assim que meu pai põe os pés em casa, apresso-me ao seu encontro: Temos que fazer alguma coisa! Ele me olha como se eu fosse louca ou muito burra. Em seguida, sobe as escadas, vai para o quarto e toma um banho demorado. Minha mãe permanece na posição que a deixei e é assim, meio deitada, que ela toma a sopa no jantar.

Na manhã seguinte, comento o episódio com uma colega de escola. Seu nome é Maria Cristina. Pensando numa maneira de me ajudar, ela me convida para conversar com sua mãe depois da aula.

A família da Maria Cristina mora em frente ao colégio, numa casa cujo acesso se dá por meio de uma escada comprida, quase em ângulo negativo. Após o esforço da subida, chega-se a uma sala escura, atulhada de móveis antigos. No sofá, um gato esquálido me olha sem muito interesse. Percebo um odor de mofo, que vem de dentro dos pulmões, dos pulmões da casa.

A essa altura, já me arrependi de tudo, de ter contado a história sobre a minha mãe, de me mostrar frágil demais e principalmente de estar ali. Mas não tem como retroceder. Num instante, a mãe da Maria Cristina surge no corredor, com passos largos porém estudados. Ela tem o pescoço alongado, os olhos fundos, e sobre a cabeça usa um lenço de feitio cigano. Talvez por causa do lenço, imagino que ela possa ser uma vidente ou ter poderes. Mas logo essa impressão passa.

A mulher, com uma das mãos, aponta o lugar no sofá ao lado do gato, para que eu me sente. Enquanto isso, Maria Cristina fala sobre o estado das coisas na minha casa, a doença da minha mãe e, aos poucos, introduz o assunto do centro espírita. Sua mãe, a princípio, parece desaprovar a ideia. Depois, dobra o longo pescoço para o lado e me analisa por um momento. Tento uma cara neutra. Então ela recobra a postura inicial e sugere que meu pai teria de contribuir com algum dinheiro, com uma pequena ajuda para as baianas, mas valeria a pena, minha mãe voltaria a andar.

Sei que isso tudo é mentira. Mas uma mentira já é alguma coisa.

Sábado, o dia amanhece nublado.

A campainha toca e vejo lá de cima, da mesma janela de onde meu irmão vigia a rua, três filhas de santo vestidas com saias de pouca roda, turbantes e fios de contas. São todas brancas, assim como a mãe da Maria Cristina, que não veio. Tenho vergonha que os vizinhos vejam, o japonês do Landau principalmente. Mas agora já está feito, largo a janela e desço para o hall, onde minha mãe, meu irmão e meu pai esperam.

Mal a porta se abre e elas entram em fila e se lançam no chão, enquanto dois homens vestidos de branco, com colares entrecruzados no peito, defumam a casa e começam a cantar, cada vez mais alto, cada vez mais alto. As baianas se esfregam no chão, como se fossem lambê-lo ou devorá-lo, e uma delas se atira aos pés da cadeira da minha mãe, que hoje acordou cedo e por isso está mais grogue que o normal e não entende nada, ou quase nada.

Enquanto isso, me posto de pé num canto, meio irônica, meio blasé, diante da encenação e fico muito puta comigo quando a mulher que está aos pés da cadeira diz que aquilo foi coisa amarrada pela amante do meu pai. E o meu pai quase ri de nervoso. E a minha mãe parece ficar ainda mais grogue com o incenso e o cheiro de flor que sobrevém. E eu fico ainda mais puta comigo quando meu pai abre a carteira e saca duas notas que dariam para comprar uma roupa boa.

Meu pai espera aquela turma ir embora para descerrar todas as portas e janelas, a fim de que o cheiro pesado se disperse, enquanto ele mesmo segue até a cozinha e se põe a fritar umas linguiças para o almoço.

No restante do sábado, não quero fazer mais nada, a não ser ouvir uns discos de rock — é um tempo em que penso gostar de rock. Meu outro desejo é romper a amizade com a Maria Cristina.

1983 e reverberações

Logo após a primeira internação da minha mãe, meu pai retoma o trabalho e volta a dedicar quarenta e quatro horas semanais para a instituição financeira onde desempenha a função de subcontador. Embora ele tenha um salário, com a doença da minha mãe a aniquilação de suas economias tem data certa para se consumar. Com exceção do meu pai — única pessoa a saber o saldo da poupança —, nós desconhecemos essa data.

Durante aquela primeira internação, o dono do banco onde meu pai trabalha visitou minha mãe e provou não ser um desalmado. Afinal, a conta do hospital foi paga por ele, pois alguém comentou em dado momento que meu pai poderia colocar o banco no pau, e eu imaginei coisas. O dono do banco também deve ter imaginado. Só sei que ele pagou e é dinheiro de um carro zero.

Contudo, meu pai sempre foi um homem calado e de aparência dócil, por isso não sei se ele ficou verdadeiramente agradecido ou se era o tipo de sujeito que guardava a mão esquerda em forma de murro dentro do bolso enquanto a direita apertava, subserviente, a mão do patrão. Não posso afirmar se no recôndito da urna de votação ele escreve os números do partido de oposição, ansiando por mudanças que talvez não venham jamais. Todavia, o governo acaba de sofrer derrotas significativas nas eleições para deputado e outros cargos políticos. Se minha mãe estivesse boa, ela comemoraria que os mocinhos venceram.

Novembro de 2019

Agora eu sei como se faz. Antes de pintar, raspa-se a madeira até retirar toda a tinta, descobrindo as camadas de baixo.

Nos primeiros anos da doença da minha mãe, meu pai tinha emprego, mas estava falido, porque seu salário era um terço do que ele havia ganhado em outro banco — o banco cujas paredes eram revestidas de mármore; porque meu pai já havia passado dos cinquenta anos e por isso sua carreira havia acabado; porque em casa moravam uma auxiliar de enfermagem e uma empregada às quais devíamos pagar e alimentar; porque as contas de água e luz subiam sem parar; porque meu irmão, embora tivesse vinte e sete anos e um diploma na área de exatas, estava procurando um emprego que o tornasse rico como o japonês do Landau; porque meu pai chegou a retirar muitos cruzeiros, cruzados e cruzados novos da poupança para completar o orçamento; porque os remédios eram caros e ainda não existia uma lei que quebrasse as patentes dos laboratórios em nosso país; e porque as luvas cirúrgicas para os procedimentos, e ainda exames, médicos, fisioterapeuta, tudo se acumulava em suas costas, inclusive o plano de saúde que passamos a ter e ele pagava sozinho. E, por último, porque ele tinha uma filha adolescente estudando num colégio público, o que fatalmente implicaria no pagamento de uma faculdade particular mais adiante. É claro que eu poderia trabalhar e pagar, se tivesse alguma sorte, algum talento e força de vontade e se outro banqueiro "bondoso" me acolhesse como escriturária (o que de fato, mais adiante, ocorreu). Mas meu pai não podia apostar que eu teria esses atributos, muito menos contar com um milagre ou com um sistema mais justo de ingresso na universidade. Aliás, ele nem chegava a questionar certas coisas, pelo menos não na nossa frente.

Minha luta era deduzir quanto dinheiro ainda tínhamos naquela época. Meu irmão, embora jurasse a todo momento que o dinheiro estava por acabar, às vezes sugeria que meu pai escondia uma grande fortuna numa conta secreta. Nos primeiros anos, eu também achava que havia uma soma oculta em algum lugar e que isso provava a sovinice do meu pai. Até que alguns anos depois eu lhe perguntei se era verdade. Meu pai abriu um sorriso irônico e não respondeu. Quando morreu, quatro anos depois da minha mãe, as sobras da aplicação foram suficientes para cobrir seu enterro. Não restou nada depois.

Eu não invento essas vozes. É diferente. As vozes residem no meu ouvido como um pernilongo perdido: um refrão repetido à exaustão. Por um tempo não foi assim, mas hoje gosto de ouvi-las. As empregadas e suas vozes inconstantes, interrompidas, falhas, brutas, incompreensíveis, estrangeiras, enojadas, amedrontadas. Elas me permitem acreditar que vivi todos aqueles acontecimentos. Elas me ajudam a lembrar do semblante da minha mãe sem que eu precise recorrer às fotografias encerradas nas gavetas. Essas vozes, pressinto, espero, confio, constituem parte da memória que me mantém viva — antes que todos os fios sejam desligados. Quem sabe elas possam me guiar até o segundo anterior ao aparecimento do inferno (ou o inferno já era tudo o que veio antes e sempre).

O inferno são muitos. Um psicopata na família, um psicopata no poder ou milhões deles espalhados pelo país, pela superfície da terra — e até então eu não ter me dado conta. Cheguei a acreditar que era louca ou apenas pobre e burra, ou simplesmente inferior.

O inferno é não saber o que as empregadas que passaram por nossa casa pensavam sobre nós, sobre a vida propriamente dita. Nunca vou saber. Elas todas, juntas, compõem um bloco de desconhecimento. Se ao menos eu compreendesse o interior mais interno delas, talvez entendesse como chegamos aqui.

Outubro de 2019

Hoje, pela primeira vez, sentei-me sozinha em um bar. Quando digo hoje, é 31 de outubro de 2019.

O lugar mede dois metros por seis. Sobre o balcão, um canivete e uma estufa com um croquete amanhecido. O canivete serve para algum reparo na estufa ou para abrir uma garrafa. Atrás do balcão, o rapaz de avental palita os dentes com uma das mãos, enquanto a outra desliza a tela do celular. Ao fundo, na parte mais escura do ambiente, como se estivesse desde sempre fixado ali, um sujeito bebe solitário diante de uma mesa quadrada e sem toalha. No ar, um silêncio cheio de passados. Esse homem solitário teria lido as declarações do nosso ilustre deputado neste dia? Calculo sua idade e imagino se esse homem viveu o AI-5, o primeiro AI-5, não este. Se foi contra ou a favor. Se viveu alguma Idade Média e não esta.

Hoje, enquanto moscas voam de lá pra cá, nós dois bebemos e fingimos não olhar um para o outro.

A questão principal que me traz até aqui — ou quando me tranco no quarto de empregada do sobrado para ler minha própria vida — é entender como meu irmão foi capaz de bater na cabeça da minha mãe com a sola do sapato. Saber como chegamos até aqui, todos nós, todos nós. Ao inferno.

Trocando em miúdos: o que leva as pessoas a rir um riso depravado? E o abismo entre elas? E o precipício logo depois?

Me dou ao luxo de relembrar outra história. Variação do mesmo tema. Ou tudo isso poderia se chamar "croniquetas" de uma redatora de publicidade.

Eu trabalhava em uma agência de propaganda. Já estávamos no segundo milênio da era comum. Embaixo do prédio da agência, havia uma padaria, onde o pessoal costumava tomar lanche no final da tarde quando o expediente prometia se estender madrugada adentro. E foi o Washington quem me chamou a atenção: já reparou na tia bebendo sozinha?

Não me perdoei por ser tão cega ou autocentrada ou mesmo avoada. Ou parva. No mesmo dia em que o Washington me falou isso, eu a procurei no salão da padaria. Passei a vista nas mesas, mas seu lugar era o balcão. Ora, o balcão tem um quê decadente que as mesas não possuem. Não na mesma medida. No balcão vemos aqueles que temem a solidão e buscam conversa com o garçom ou com os que por graça ou desgraça se sentam ao seu lado. Nas mesas, refugiam-se os altivos, os que deixam uma cadeira vazia à frente para que ela justamente não seja ocupada. Nas mesas, estão as pessoas que acreditam não precisar das outras. No balcão, acomodam-se os últimos a sair.

Depois de reconhecê-la, a mulher, passei a examiná-la com interesse, para compensar o tempo que perdi sem notar sua presença. Usava o cabelo repartido de lado, com uma presilha servindo-lhe mais como adorno do que para segurar uma franja inexistente. Mão presa ao copo, cujo conteúdo esquentava enquanto seus pensamentos se articulavam. Articulação que não ocorreu, pelo jeito. O corpo era magro e antigo, antigo como as roupas que vestia: a manga bufante da blusa, a calça de alfaiataria esgarçada na barra, e os adereços: o colar de pérolas compradas por metro, o batom cor de vinho. E os anos, sim, os anos, é provável que ela adentrasse aquela idade na qual já tivemos nossa iluminação pessoal, já escolhemos se vamos olhar o mundo com um sorriso ou se iremos apenas cuspir na calçada o resto da sujeira entre os dentes. Ao mesmo tempo, uma idade em que nos preparamos para ser ninguém ou nada diante dos jovens, um estorvo para os homens de meia-idade e um brinquedo carinhoso para as crianças que aprenderam a não ter medo de veios na pele e da falta de viço no cabelo. Desacompanhada (substantivo, adjetivo ou verbo?). Um segundo copo, este mais discreto, ali adiante, como se não fizesse parte do conjunto.

A mulher bebia devagar, como toda pessoa que bebe sozinha nos bares. Começava logo após o almoço e só deixava o local por volta das onze da noite, quando as portas da padaria desciam ao chão, acompanhadas de um barulho de rolamento e ferro indiscutível, o barulho do fim. Então ela saía ainda digna pela calçada, com a bolsa a tiracolo e as pernas um pouco trançadas.

Lembro-me de ter dito ao Washington que eu gostaria de conhecer a história daquela mulher. Segundo ele, que trabalhava como fazedor de layouts na agência, a mulher era um espírito desencarnado que somente nós dois enxergávamos. Mas eu sabia que não.

Essas pessoas, essas pessoas que bebem sozinhas num bar, um dia certamente se importaram com alguém. Fizeram, mais do que outras, parte do mundo. Essas pessoas que bebem isoladas numa mesa de bar jamais poderiam ser alguém como o meu irmão. Talvez como a Lurdes gorda. Talvez algumas delas tenham um filho em algum canto, em algum canto qualquer.

Agora, digamos que essa mulher tivesse um nome e esse nome fosse Gilda. Digamos que Gilda viveu maus bocados em determinado período de sua vida, um período que em termos históricos coincidiu com os anos de distensão do general Geisel. Naqueles tempos, apregoava-se um abrandamento do regime. Mas Gilda não pôde relaxar como alguns. Digamos que o ano era 1977 e o dia do mês, 9 de dezembro. Pela manhã, Gilda constatou que o preço da carne havia subido cerca de vinte cruzeiros. Ela não sabia fazer conta de porcentagem, mas suspeitava que o salário do marido, militar de baixo escalão, não acompanhava essa elevação. No entanto, Gilda era mulher de paz e contava com vários artifícios domésticos para que nada preocupasse Antônio. Antônio era o nome do marido.

Importa dizer que Antônio não voltou para casa em 9 de dezembro de 1977, no bairro do Catete, no Rio de Janeiro. É provável que Gilda o esperasse, como sempre, com o jantar à mesa. Um jantar frio que foi ao lixo na manhã seguinte. Gilda tem uma pensão. Uma pensão e um silêncio cultivado com dedicação e disciplina. Gilda, durante todo esse tempo, da noite em que o marido não retornou à casa até a noite em que a vi na padaria, em São Paulo, cidade para onde se mudou depois, Gilda teve muitos pensamentos, mas achou melhor não falar nada, nunca. Entretanto, ela medita sobre isso cada minuto de sua vida, principalmente nos minutos que despende pelas calçadas em obras da avenida Luís Carlos Berrini.

Agora, digamos que o homem que bebia no bar hoje à tarde, quando me sentei sozinha em outra mesa, seja conhecido, pelo porteiro do prédio onde ele mora, como Inácio, mas que seu verdadeiro nome seja Antônio. Digamos que Antônio se encontrava agitado na noite de 9 de dezembro de 1977, por conta de um serviço que lhe fora ordenado. Daquela espécie, era apenas o segundo. Não que ele tivesse um prazer intenso em realizá-lo, o serviço. Mas havia certa satisfação em eliminar problemas, sobretudo em saber que contribuía para que os vagabundos fossem varridos das ruas e que ele faria valer cada gota de suor para que a justiça fosse feita à sua pátria. O inconveniente é o que veio depois, o preço que pagou e não esperava. O desaparecimento. A despedida que nunca aconteceu.

Deduzo: as pessoas que seguem sozinhas para a mesa de um bar, com regularidade, nunca estão sós. Elas mantêm uma conversa interminável consigo mesmas.

Hoje, por exemplo, conversei com minhas vozes. De imediato, percebi quanto minha voz de hoje ainda se mistura à da menina de treze anos. A princípio, pensei se tratar de dicções distintas, mas logo vi que não. Depois veio a voz da minha mãe, entorpecida de calmantes; com a voz, apareceu-me sua imagem: um frango sentado em uma cadeira de rodas. Não sei se foi porque durante os dezessete anos que durou sua doença ela comeu frango ensopado em quase todas as refeições, ou se foi por conta do corticoide, ou da posição de suas pernas dobradas em volta da comadre; não importa, o certo é que ela se tornou um frangão de pescoço comprido com a pele solta e franzida, peito estufado, pernas finas e pés abertos para fora; bolsas grossas nos olhos, cabelo ralo. De tudo o que sua voz proferiu, conselhos, mexericos, confissões, retive uma sugestão à qual, de início, não dei crédito. Essa sugestão veio até mim numa época em que eu desejava a morte da minha mãe veementemente, embora sem nunca confessar essa ânsia para ninguém. Naquela ocasião, ela falou, como se adivinhasse meu desejo: Há uma razão para eu ainda não ter morrido; preciso concluir a educação de vocês (ela usou o plural porque também se referia ao meu irmão; minha mãe acreditava que ele era um ser incompleto). Talvez ela tivesse razão. Mas essas nuances só começo a perceber agora, ouvindo sua voz tão dentro de mim.

Quando?

Talvez seja melhor esquecer tudo de uma vez.

Mas você não pode. Até porque a violência do ato (institucional número cinco) vigorou de 1968 a 1979. Ontem praticamente.

A violência do ato.

Ato I: há uma foto, em preto e branco, de um carrinho de bebê num declive na grama do parque. A foto é muito antiga, amassada nas pontas, vincada quase ao meio. Ela pode rachar a qualquer momento. Dentro do carrinho há uma criança. Essa criança sou eu. Ao fundo, um lago escuro e os galhos curvados de um salgueiro-chorão. Sobre o carro, um braço, a mão.

Diz a lenda que naquela tarde meu irmão empurrou o carrinho em direção ao lago, enquanto minha mãe comprava sorvete a poucos metros dali.

Eu sentia uma afeição especial por essa fotografia, a despeito da história que a rondava. Talvez porque eu soubesse que fui muito amada pelos meus pais e porque minha mãe não se cansasse de repetir que eu havia nascido no melhor momento da vida dela. De sorte que durante um longo tempo eu ri da ideia do carrinho tombado à beira do lago. No entanto, devagar, deixei de achar graça. Conforme o tempo passou, impeachments de presidentes, passeatas, eleições, medidas provisórias, falências, gente enrolada na bandeira nacional, golpes, igrejas, eu passei a ver: a mão, somente a mão.

Ato II: há uma lembrança, um pequeno cinema atrás dos meus olhos, onde se desenrola a cena. A parede pintada de gelo, a tomada branca próxima ao rodapé. Uma criança sentada no carpete caramelo com alguns brinquedos à volta. Essa criança sou eu. Meu irmão, com a cabeça raspada do trote na faculdade, aproxima-se e sorri. Sorrio de volta. Em seguida, ele pergunta se quero fazer uma experiência. Eu quero, quero. Ele tira do bolso um grampo de cabelo, abre as duas pontas e pede para eu segurar no meio. Obediente, eu seguro. Ele me incentiva: agora coloca uma ponta em cada buraquinho (ele indica a tomada) e veja o que acontece. Sorrio novamente. Ele aguarda. Então enfio as duas pontas na tomada, com cuidado para que seja ao mesmo tempo, conforme ele me explicou. Eu tenho apenas três anos, mas sou disciplinada e presto atenção a minúcias. Um segundo depois, um tremor sobe pelas mãos e chega até meu ombro. Uma fraqueza absoluta. Por instinto, recolho as mãos e deixo o grampo cair no chão. Acreditando que algo deu errado, olho interrogativa para meu irmão; ele ri, feliz. Somente então eu choro. Choro porque ele riu. Aprendi algo. Mas ainda não aprendi tudo.

Ato III: no janelão da lavanderia do apartamento, no décimo primeiro andar de um prédio residencial, há duas pernas balançando, soltas no ar. São pernas de criança. As minhas pernas. Lá embaixo, o mundo parece de brinquedo. Eu sou o brinquedo, a boneca que meu irmão depositou ali para logo em seguida se afastar tranquilamente e ir lavar um jarro de peixes no tanque, alguns passos atrás. Observo o mundo-brinquedo lá embaixo, enquanto minhas mãos tocam uma flauta doce, de onde sai a música-tema de uma personagem da novela das oito. É evidente, uma criança desconhece determinados perigos. Por isso, enquanto toca a música, nada acontece. Nada acontece porque os pais chegam a tempo de segurar a criança nos braços. Logo depois a carregam para a mesa da cozinha, onde será aconchegada no colo de um dos dois.

Ato IV: a criança chora sozinha na noite e já não sabe por quê. A criança avança pelo corredor do apartamento em direção à sala. De repente, ela ouve um chamado. Então a criança se lembra de que ele está puto com ela, porque ela pisou no cabo da guitarra e o partiu em dois pedaços. A criança se vira para trás, receosa de atender ao chamado, mas ela é responsável e por isso o atende. Zás-trás, vê o irmão com o pau de fora, ereto, tremendamente duro, e ele ao mesmo tempo gesticula, dando-lhe uma banana com as mãos.

O estoque de perdão da criança era imenso, assim como suas tardes, as horas infindas da tarde, as semanas, os meses, os anos, todos aqueles anos — os anos que se passaram nas capas dos jornais que a menina ainda não lia.

As capas dos jornais

Vinte e seis de abril de 1974, Caetano preso, Spinola no poder; 9 de agosto de 1974, Nixon renuncia. 27 de agosto de 1974, Guiné-Bissau se torna independente. "A juventude é uma doença, que passa com a velhice", deputado Faria Lima (Arena/SP) sobre a participação dos jovens na Revolução dos Cravos em Portugal. 1975, Ignácio de Loyola Brandão publica *Zero*. 27 de outubro de 1975, II Exército anuncia suicídio de jornalista (Vladimir Herzog). 1976, morrem Juscelino Kubitschek, João Goulart e Agatha Christie. 1976, estreia no cinema *Taxi Driver*, de Martin Scorsese. 1977, morrem Carolina de Jesus e Clarice Lispector. 18 de fevereiro de 1978, governo nega haver 10 mil exilados. 9 de julho de 1978, incêndio destrói todo o acervo do MAM (RJ). 28 de outubro de 1978, União culpada no caso Herzog. 2 de fevereiro de 1979, Khomeini anuncia a República do Irã. 9 de julho de 1980, morre Vinicius de Moraes. 8 de dezembro de 1980, John Lennon é assassinado a tiros. 1980, morre Cartola. 1980, *Xanadu* estreia no cinema. 1980, papa João Paulo II visita o Brasil. 9 de junho de 1980, é fundada no Rio de Janeiro a Igreja Internacional da Graça de Deus. 1980, instalada a primeira sede da Igreja Universal do Reino de Deus em São Paulo. 1º de maio de 1981, explosões no Riocentro. 1981, Reagan sobrevive a atentado. 14 de maio de 1981, papa João Paulo II é baleado. 2 de abril de 1982, Argentina invade as Ilhas Malvinas. 1982, Gabriel García Márquez vence o Nobel de Literatura. Setembro de 1982, massacre nos campos de refugiados no Líbano. 1983, morrem Garrincha e Jardel Filho. 1983, Lech Walesa ganha o Prêmio Nobel da Paz. 1983, registrado no Brasil o primeiro caso de aids no sexo feminino. Julho de 1983, 12 mil desabrigados e 66 municípios em estado de calamidade, em Santa Catarina, devido a enchentes. 22 de setembro de 1983, a primeira madrugada de todas. 1983, o ano termina com PIB em queda de 2,9% e recessão econômica.

Os anos se passaram nas capas dos jornais, no rosto da mãe, nas pernas grossas da menina, no caminhão de mudança que carregava os móveis do apartamento no décimo primeiro andar para o sobrado no bairro da Aclimação. Os anos se passaram no parapeito da janela do quarto de empregada do sobrado.

Depois, os anos se passaram ainda mais e me alcançaram. Me alcançaram aqui, neste momento, quando abro a porta de casa, da outra casa, e encontro o cão octogenário à minha espera. Ele tem uma fralda em volta da barriga e me aguarda na porta. Na porta errada. Enquanto entro pela cozinha, ele se posiciona diante da porta da sala, abanando o rabo. Depois, sem lógica ou motivo aparente, cola a fuça na parede e lança um olhar interessado para o alto, como se visse fantasmas, entretido, e se esquece, simplesmente se esquece. Chego por trás e o apanho nos braços. Ele reconhece meu cheiro e minha voz. Não tem mais forças para se agitar com minha chegada: sinto seu amor pela tranquilidade com que se deixa descansar em meu colo. O cão me olha, embora não distinga meus traços.

Um cão, quando jovem, é um pouco tolo com relação ao

futuro, ao seu próprio futuro, e, por isso mesmo, alegre, insensato e oferecido. Depois, prossegue sem pensar no futuro, mas não perde a capacidade de amar, ao contrário dos humanos.

O meu cão responde pelo nome de Gaspar. Dei esse nome em homenagem a um amigo que se atirou do oitavo andar de um prédio em Copacabana, aos vinte e seis anos, no auge da carreira. O cão do meu amigo se chamava Gaspar.

Bom Gaspar nem sabia que no dia seguinte àquele no qual sua foto fora exibida em uma rede social, ele seria operado com sessenta por cento de chances de não resistir. Bom Gaspar não imaginava que a operação seria bem-sucedida e que ele sobreviveria ao seu grande amigo. Ao amigo que se jogou do oitavo andar. Ao nosso amigo em comum. Talvez isto só sirva para mim, mas todos os meus cães vão se chamar Gaspar. Bom Gaspar, você é feliz, você é tão feliz…

Para Gaspar, tanto faz se hoje é hoje ou amanhã.

Meu irmão nunca teve um cachorro.

Por vezes acredito que Toninho seja a chave do que procuro. E minha investigação pode mudar de rumo, como a trama de um livro.

Anos de formação, DNA

Meu irmão sempre acreditou que tinha direito a tudo. E a menor possibilidade de encarar sua própria vida como desimportante, por certo, devia humilhá-lo. No entanto, na maior parte das vezes ele se mostrava imperturbável. E sua capacidade de reação a um revés era instantânea, assim como sua habilidade de pensar grande, em especial com o dinheiro dos outros.

Mas isso, pensar com o dinheiro dos outros, ele somente aprendeu mais tarde. Antes, quando as notas estampadas com o velho Rui Barbosa esquentavam os cofres do overnight, meu irmão imitava a atitude dos ricos, a fim de se tornar um deles.

De fato, durante algum tempo ele se empenhou nesse sentido.

Porém, antes de chegar a esse ponto, preciso retornar a períodos ainda mais remotos de sua existência. Sem engano, sua jornada no mundo do acúmulo de capital principia de modo ordinário, embora impetuoso — levando em conta sua tenra idade na época.

Minha mãe me contou. O próprio Toninho me contou.

Foi por meio do comércio, ainda na infância, como vendedor de limonada, que o pequeno Toninho iniciou suas atividades capitalistas. Várias frentes o ajudaram nesse sentido. Por um lado, meu irmão tinha um ponto comercial atraente: naquela ocasião, a janela de seu quarto, no térreo de um predinho de esquina, dava para uma rua movimentada de São Paulo. Por outro, ele contava com mão de obra barata e de alta disponibilidade: nossa mãe. Também havia a clientela: dois ou três garotos da vizinhança com sede e desejo de interação no meio da tarde. Por fim, o pequeno Toninho apresentava duas qualidades gêmeas: eloquência e coragem.

No meio da tarde, nos dias de semana, dispunha meia dúzia de copos com limonada no parapeito da janela e começava sua propaganda com as mãos em volta da boca, ampliando a potência da voz. Seus métodos eram sedutores.

As vizinhas se divertiam com a simulação do comércio adulto e cediam moedas de dois cruzeiros aos filhos, para completar a brincadeira.

Por sua vez, minha mãe admirava o senso prático e visionário do filho. Recostava-se a seu lado, com o avental pregado à cintura, satisfeita.

Corriam os dias, Toninho aprimorava sua habilidade em contar moedas, enquanto os outros garotos permaneciam ao pé de sua janela com os copos esvaziados e um bigode de suco nos lábios — todos sem saber ao certo se deveriam contemplá-lo como um funcionário a seu dispor ou como um jogador nível avançado de Banco Imobiliário.

Apesar do sucesso inicial, Toninho cedo divisou que seu pequeno comércio não condizia com suas ambições. Assim, ampliou os negócios com a venda de gibis seminovos, enfileirados no mesmo parapeito, de onde sobressaíam números do *Mandrake*, *Bolinha*, *Cavaleiro Fantasma*, *Tio Patinhas* e *Amigo da Onça*, sendo este último, é preciso prestar atenção, a maior parte do acervo. Mas ainda assim a renda obtida não valia o tempo empregado, porque seu tempo, Toninho tinha certeza, era precioso e valia mais do que o das outras pessoas.

Desse modo, começou a despontar em seu horizonte uma brilhante carreira na engenharia civil. Ele empregou um grande esforço para alçar seu boletim ginasial ao dos melhores da turma, visto que até aquele momento suas notas nunca passavam da média. Diante do raro acontecimento, meu pai animou-se a investir boa parte dos seus rendimentos, na época como escrevente bancário, na educação do filho, matriculando-o no curso científico da melhor escola da Aclimação, onde estudavam filhos de dentistas, deputados e funcionários de carreira.

A instituição havia formado turmas bem-sucedidas nos exames para as áreas mais disputadas, como engenharia e advocacia. Na entrada do prédio, o diretor em pessoa aproximava seu nariz do cangote dos alunos e farejava, para além do consumo de drogas, os banhos e as doenças, os sentimentos mais sutis, os desvios de comportamento, farejava até os costumes das famílias, seus antepassados, os produtos com os quais suas casas eram limpas.

Desse modo, a escola por si só seria capaz de distinguir algumas famílias das outras. E o meu irmão, com certeza, pertencia àquela classe de família conhecida como as outras.

Logo nos primeiros meses de aula, Toninho começou a voltar de carona para casa, com os colegas de turma. Por vezes, um automóvel Gordini estacionava para meu irmão saltar. Também ocorria de ser um SP2 ocre com faixas pretas. E era comum alguém lhe perguntar quem era aquela mulher que esfregava o chão à sua porta e meu irmão responder que era a empregada; e havia garotos que consideravam razoável essa resposta e continuavam com um sorriso abobalhado no rosto enquanto mascavam um chicle de bola. Logo depois, meu irmão se despedia dos colegas como se fosse um deles e se aproximava de casa com um jeito estudado para que parecesse casual, meio de costas, cabeça baixa, ignorando a própria mãe e a vassoura em suas mãos; enquanto ela, nossa mãe, sentia uma espécie de vergonha de si mesma.

Após a formatura, Toninho ingressou numa faculdade particular de engenharia, onde pretendia finalmente alcançar os meios de se tornar rico. E nada mais fácil, a seu ver, do que se tornar rico no meio dos ricos — ricos de verdade, donos de construtoras, gente do primeiro escalão. Os filhos de dentistas e burocratas haviam ficado para trás. Agora os modelos Porsche Carrera substituíam as charangas dos colegas do científico no bairro. Toninho mediu aquele mundo e soube de imediato que tinha direito a tudo.

Mas pensar em Toninho cansa.

1985/1986

A palavra “férias” acaba de ganhar um significado ambivalente para mim e meu pai. Agora também significa passar mais tempo ao lado da doença, sem lugar na casa, assistindo à rotina das empregadas.

Não há dinheiro para viagens e passeios, e nos três meses livres que tenho no ano não sei bem o que fazer. Fora o tempo de greve dos professores, como agora.

Neste mês meu pai está em casa, de férias. Sua situação não é muito diferente da minha. Ele passa o dia encerrado na escrivaninha, lendo jornal, fazendo apostas na loteria e ouvindo notícias no rádio.

Para driblar o tédio, decido tomar o ônibus que passa aqui perto e cruzo a cidade inteira, até o ponto final na Zona Oeste. Sigo na janela. O itinerário cumpre algumas vias importantes, como a praça da Liberdade, uma volta pelo centro antigo, depois um pedaço da avenida São João, o castelinho abandonado da rua Apa, um trecho pelo bairro da Pompeia e a chegada ao Fórum de Justiça, na Vila Madalena. O passeio, somente de ida, dura uma hora e cinquenta minutos. No ponto final, sento-me na pracinha em frente ao fórum e aguardo o motorista e o cobrador tomarem um café ali mesmo de pé. Subo com eles de volta ao ônibus, para cumprir o trajeto de volta. Eles me olham desconfiados.

Repito esse passeio inúmeras vezes neste mês, é o preço de duas passagens: um jeito acessível e mais ou menos seguro de passar o tempo.

Mas hoje não. Hoje eu e meu pai nos sentimos preparados, finalmente, para levar minha mãe ao shopping.

Pela manhã, fucei as coisas da Carminha apenas por curiosidade. Encontrei um caderno com telefones de agências de empregos, nomes de pessoas, números de documentos, endereços. Numa das páginas, anotações mais ou menos aleatórias: sexta-feira, Finados. Dez meses em São Paulo. Quinhentos cruzeiros guardados. Hoje shopping. 011 272-1431 — telefone da casa de família. Conta poupança da mãe: 0087-4316-0.

Ainda posso ouvir os resmungos da Carminha, dela e das outras. Tenho vontade de apagar tudo isso, mas se a memória se apaga é como se uma dúvida fosse lançada sobre a minha existência.

Hoje o marido da mulher parou o automóvel azul na garagem e abriu a porta pra gente encostar a cadeira do lado. Depois eu segurei bem seguro o tronco dela. A outra-uma fingiu que fez força, mas sobrou tudo pra mim. O homem, coitado do homem, ficou todo preocupado.

A menina, filha deles, ajeitou o sapato na mulher, que na verdade não é dela, é o meu sapato de festa. A numeração é igual à dos pés inchados da mulher.

Arrumamos tudo desde cedo: casa limpa, louça lavada, roupa estendida.

Assim que o carro passou a lombada da rua e ganhou a avenida, veio a cidade, que eu não vi porque só pensava no sítio, nos galhos retorcidos das árvores de Garanhuns na época seca. Aqui faz três dias que chove sem parar.

Por causa do passeio, colocamos apenas metade dos panos e travesseiros que normalmente firmam a mulher na cadeira. Mesmo assim ainda era muita coisa.

Quando chegamos ao shopping, vi que o homem tirou um

pente do bolso e passou no cabelo, mas seu rosto continuou transtornado.

Segui empurrando a cadeira, que enroscou em degraus e portas. Só parou de enroscar dentro do elevador, um elevador bonito, espelhado, de aço, sei lá que material que era, era como uma cabine espacial ou como o motel dos ricos em Garanhuns; quando entramos nele é que já começou a coisa toda: os olhares. Até parece que a gente é ET. Vou dizer pra você, a gente vira ET dentro de um shopping center.

A outra-uma é um jegue de burra, jogava o cabelo como se alguém fosse olhar pra ela, e a roupa é a única que ela tem pra sair, o conjunto de saia e blusa do mesmo tecido acetinado.

Já o patrão colocou uma camisa social que ele usa pra trabalhar, mas é uma das únicas em bom estado no armário. Eu sei porque sou eu que passo todas elas.

E a menina? A menina tava com aquele cabelo comprido dela, alisado por um negócio chamado touca de gesso. É assim, ela me contou: o cabelo da gente fica engessado com uma química fedida e o pescoço precisa permanecer pendurado na pia do salão por mais de hora, sem mexer, nem um tiquinho que seja. Depois a escova esfola nossa alma e saímos dali com a sensação de que o couro cabeludo está todo arrepiado, e o cabelo fica tão leve como um fio de algodão.

Da minha roupa, eu mesma não vou falar nada, que já sei.

No shopping, olhavam mais pra mulher na cadeira do que pra nós, eu e aquela-uma, que somos pobres. Até parece que a mulher tem culpa de estar na cadeira. Gente ruim.

A Carminha veio de um povoado perto de Garanhuns e tinha cara, braço e jeito de homem. Quando sorria, tornava-se mulher.

Nunca mais levamos minha mãe ao shopping, tampouco ela pediu. Passamos a escondê-la, como faziam as famílias normais.

Reminiscências

Ele chegou de cadeira de rodas para a entrevista. Na verdade, não procurava emprego, trouxe consigo sua cuidadora.

Ele, o homem jovem e grande, passava os dias lendo os classificados. Quando via um anúncio que se repetia inúmeras vezes, já sabia do que se tratava. Então veio para se solidarizar.

Meu pai perguntou se ele não teria alguém para indicar. Não tinha. Queria apenas conversar. Jogava basquete e recomendou que minha mãe também o fizesse. Ela estava com o pescoço meio duro e não conseguiu falar muito. O que ele não entendia é que ela não havia sofrido um acidente de carro. Ela degenerava a cada instante.

Anos de formação

Apesar da certeza de Toninho a respeito de ter direito a tudo, os anos na universidade pegaram-no despreparado. E não apenas ele.

O primeiro embate ocorreu logo após a matrícula, quando meu pai visitou um coronel com um envelope gordo de notas nas mãos. Nesse mesmo dia, centenas ou milhares de jovens ouviam rock num festival de música nos Estados Unidos e meu irmão queria estar lá, porque lá viviam-se dias de amor livre. Mas esse sonho não lhe pertencia, porque os Estados Unidos eram longe daqui, porque ele era muito engomado para deixar o cabelo black power crescer e, além do mais, era seu ano de servir o Exército. Ao mesmo tempo, meu pai pensava que as Forças Armadas não constituíam o local ideal, naquele momento, para um jovem franzino feito Toninho, pois temia que meu irmão tivesse de calçar botas e chutar a cabeça de outros meninos tão novos quanto ele.

O coronel era um homem quieto, com o queixo grudado ao peito. Não abriu o envelope, apenas o sentiu com as mãos, fez-lhe um vinco no meio e o guardou no bolso da farda. Em seguida, apanhou uma caderneta e anotou o nome de Toninho. Depois, assim que depositou a caneta na mesa, deu ordens para que meu pai se retirasse.

Horas mais tarde, meu pai entrou na cozinha do apartamento e minha mãe lhe dirigiu um olhar ansioso. Num tom grave, talvez porque ainda estivesse se borrando, ele respondeu: Feito.

O valor do curso de engenharia, em meados dos anos 1970, equivalia à metade do salário do meu pai. E ele pagava cada centavo acreditando que Toninho, depois de formado, conseguiria uma vaga de trabalho de primeira linha.

Entretanto, Toninho foi reprovado no primeiro período. Segundo minha mãe, esse desastre ocorreu porque meu irmão desperdiçou horas demais na escadaria em frente ao prédio de jornalismo, onde estudavam as garotas com quem ele sonhava namorar, entre elas a musa da televisão.

Lembro-me do meu irmão diante do espelho, estudando o melhor jeito de usar a camisa para que a marca da calça não deixasse de aparecer em nenhum momento. Ele acreditava que a musa da televisão deveria enxergar um Yves Saint Laurent de longe. Eu vibrei com aquela ideia, sinal de que éramos uma família importante. Meu irmão me mostrou a musa na tevê e perguntou se eu gostaria que ele namorasse uma moça bonita como aquela e eu balancei a cabeça com força para dizer que sim, sim.

Essa minha esperança se dissolveu quando meu irmão chegou em casa, certa tarde após a aula, e contou que a musa estava namorando um hippie. Um hippie? Minha mãe tapou o nariz e eu a imitei. E não era só isso; era um ator de televisão, um rapaz que tinha feito papel de índio numa novela, vejam só, um índio. Não entendi qual seria o problema maior, ser hippie ou índio. Concluí por mim mesma que hippie seria pior, porque minha mãe tapou o nariz e porque na escola a gente desenhava indígenas simpáticos em canoas tortas no mês de abril.

O desenlace com relação à musa mostrou ao meu irmão que ele precisava pôr logo a mão no diploma, arrumar um emprego bem remunerado e aí sim construir um imóvel grande, com uma planta desenhada por ele próprio, uma casa de tijolos aparentes como as da revista de arquitetura. Toninho precisava se desligar das musas de televisão e encontrar uma moça bonita, mas que fosse professora ou nutricionista, alguém com quem ele pudesse lidar.

Em busca desse ideal, Toninho se juntou a uma turma que, assim como ele, não podia repetir os anos de faculdade, uma turma escolhida a dedo, que se encontrava espalhada entre os alunos do primeiro ano, mas ao mesmo tempo fácil de ser reconhecida no ponto do ônibus elétrico em frente ao prédio principal da universidade. Um grupo formado por filhos de feirantes e de militares de baixa patente. Toninho era o estrategista.

Dentre as estratégias de Toninho, a mais eficaz desenhava-se no verso das réguas, das réguas de plástico e de acrílico. Meu irmão anotava ali fórmulas matemáticas, instruções e, na hora das provas, o grupo, com as réguas debaixo da carteira, apresentava um desempenho acima da média.

Meu papel, como ajudante do grupo, incluía algumas tarefas simples, que eu executava com orgulho e desvelo: apagar as réguas com borracha, lavá-las no tanque e depois lixá-las para que ficassem ásperas o suficiente a fim de receber novas fórmulas e instruções.

De certo modo, as estratégias de Toninho funcionaram. Assim, no primeiro dia de dezembro de 1978, um elefante passeou solto pelo pátio ensolarado da universidade. Por um longo tempo, guardei a foto do meu irmão sujo de farinha, com o elefante ao fundo. Lembro-me de ter perguntado: por que um elefante? E Toninho respondeu que a grandiosidade do animal e a ousadia de levá-lo ao campus demonstravam a dimensão do quanto eles, os alunos, se empenharam durante o curso, do quanto eles se encontravam exauridos e como se sentiam poderosos — enumerou essas coisas com satisfação.

Já nessa época São Paulo havia se tornado um canteiro de obras e, logo depois, a figura do barão do Rio Branco surgiria nas cédulas de mil cruzeiros. No entanto, pouco tempo depois de começar a circular, a nota valeria o mesmo que um benjamim numa casa sem rede elétrica.

Enquanto esses adventos marcavam a história e o tempo, meu irmão — com um canudo guardado no maleiro do guarda-roupa, um canudo de camurça que não demoraria a receber uma camada de bolor — debruçava-se sobre a prancheta de uma grande construtora, no centro de São Paulo, pintando com canetas hidrocor projetos feitos em papel vegetal, onde se avistavam as galerias das futuras estações de metrô da cidade.

Havia o projeto de uma estação próxima à nossa casa — meu irmão nos contava, vaidoso, por ter acesso a informações sigilosas —, e segundo os cálculos da equipe de engenheiros essa estação entraria em atividade dali a oito anos. Exultante, Toninho mostrou um rascunho do projeto.

A estação foi inaugurada somente vinte e seis anos depois. Mas isso não vem ao caso.

O que vem ao caso...

* * *

Quando eu dava aulas de publicidade, meus alunos me ajudavam a lembrar. Esse tempo passou.

Aperto os olhos. Faço um esforço físico para lembrar. Mas sou assaltada por outra lembrança: uma mensagem que Toninho me enviou um ano atrás: um padre popularesco dissertava sobre a situação política do país. Bloqueei o contato de Toninho. Depois, contaram-me que a notícia era falsa, o padre nunca disse nada daquilo.

Meu irmão acredita que eu não seja capaz de ter uma opinião própria válida. Toninho pensa essas coisas a respeito dos outros também, de todos os outros. Por essa razão, enviou aquela mensagem a seus contatos. Posso adivinhá-lo debruçado sobre o celular.

Ah, sim, Toninho debruçado sobre a prancheta.

Mas... Alguém ganiu.

Dezembro de 2019

O cão longevo me aguarda. Atrás da cadeira, pisca os olhos sem me enxergar, ganindo. Pisca os olhos até quase dormir. Agora deu para bater os dentes, os músculos que envolvem a mandíbula perderam a força. Admiro sua tenacidade. Gaspar não tem autocomiseração. É uma vantagem. Continua piscando os olhos, sem sair do lugar. É seu jeito de dizer que está com fome. Agora sua vida se resume a isso. Esperar pela comida, pelo sono e por mais nada. Ele me tira a concentração.

Levanto-me para colocar ração úmida no pote — a única que Gaspar engole. Que horas são? O que eu estava fazendo antes de ele me chamar? As lembranças são voluntariosas, assim como o cão octogenário. Olho-o mais uma vez. Gaspar me dá cada vez menos.

Gaspar tem leves convulsões, com periodicidades indeterminadas. Ao final de cada ataque, ele volta ao normal, mas com sequelas. No começo, as sequelas eram praticamente invisíveis. Depois, foram se acumulando, mesmo que ínfimas, e agora eu me pergunto se Gaspar tem consciência de suas perdas.

Contabilizo minhas perdas ao acordar pela manhã. Os ganhos têm a ver com lucidez e foco. Não o foco do olhar, cada vez mais perdido. Com relação às derrotas, uma das mais desconcertantes, além da memória, é a perda do reflexo — não o reflexo diante do espelho, mas a capacidade de reação do corpo às ameaças do ambiente.

Após o café, os afazeres diários. Dou comida a Gaspar; água às plantas. Não rezo. Não passo roupa, nenhuma peça. Tomei o hábito de cortar meu próprio cabelo e faço isso melhor que ninguém.

Fim de tarde, sento-me para ouvir discos antigos. Discos de vinil. Desde 31 de outubro de 2019. Todos os dias. Decidi me ocupar somente de coisas importantes.

Costumava ler para crianças, numa escola longe daqui, a cada quinzena. Não posso mais ensinar, embora dois ou três alunos ainda me paguem por aulas particulares. Isso foi depois das agências de propaganda e antes dos substantivos me faltarem.

Durmo com auxílio de um indutor de sono cujo nome se parece com "paz", preciso dele porque não tenho muitas atividades durante o dia e, quando a noite chega, não gastei energia suficiente para repor. Mas no geral, à parte esse comprimido, minha vida é tranquila, vivo sem precisar me preocupar com aluguel e boletos, pois juntei algum dinheiro com publicidade; o que ganhei com anúncios para cemitérios verticais e malas-diretas de empréstimo consignado para velhinhos tornou-se uma aplicação de renda fixa — valor que se reduz a cada mês, porque ainda não me aposentei. Faltam seis anos de contribuição e a todo momento alteram-se as regras e tudo fica mais distante, menos real, mais impossível e opaco. Não saio de casa. Acordo cedo. Contabilizo minhas perdas pela manhã.

Ouço discos de vinil. Agora, por exemplo, acabo de colocar Gal na vitrola. Assim como o disco gira inteiro sobre o prato, também meu cérebro gira e volta a algum ponto que pode fazer sentido: vejo meu irmão através do espelho numa tarde de sábado. Tenho oito ou nove anos. Mas falar de Toninho cansa.

Vozes

Ela não sabe que brinco com seus pensamentos. Não tenho pena, pelo contrário, ela me deve. Mesmo se me pagar, nunca será suficiente. Estamos juntas nessa prisão há anos. Ela não adivinha onde estou. Estou muito perto.

Jamais lhe contarei minha história. Ela terá de adivinhar, pois meu mundo não lhe pertence. A menina besta não tem instrumentos para me encontrar. Ela é fraca. Todo seu estudo não lhe serve para compreender meu comportamento. Mas ela vislumbra meu ódio.

A menina-velha nunca saberá: quando voltei para a Bahia, na casa da minha tia, fui trabalhar numa loja no centro de Feira de Santana. Foram as franciscanas que me ajudaram a encontrar vaga de emprego. Trabalhei até o bebê nascer. Depois minha tia ficou com ele pra ela. Veio com conversa:

— Nilcélia, quer ir pra Salvador mais Esmeralda?

Esmeralda era uma das filhas dela. Nasceu virada na gota, destrambelhada, não sei. Mas eu firmei que ia, ia sim pra Salvador se ela ficasse com o bebê. Apois. Ficou dito e acertado que eu rumava pra capital mais Esmeralda. No último dia, na última horinha, Esmeralda me deixou sozinha na rodoviária. E de repente lá estava eu a caminho de Salvador, no ônibus, com a bolsa esmagada sobre a barriga, e dentro dela um papel com as instruções: quem procurar, onde comer, vestir, só não dizia onde sonhar.

Rebentei de passar o dia de pé na loja de tecidos em Salvador. Rebentei de estudar à noite. Já contava mais de quinze anos e, conforme me rebentava, pegava mais ódio da menina besta. Dela é que eu sentia mais repugno, porque ela era da minha idade. E não me deixou andar na sua bicicleta chique com cestinha e tudo. Na Bahia, moleca, eu me sentava na garupa de um ferro-velho, pneu murcho a estrebuchar na terra dura, e a gente caía e achava graça. Comia terra, comia farinha com leite. Depois o ônibus pegava a gente na roça, com os vestidos tudo engomadinho, quarado. O ônibus era varado de buraco no piso, que rebatia barro pra dentro e a gente já chegava na escola com a roupa tingida de terra. Depois me aconteceu São Paulo e em seguida a casa da menina besta de treze anos e do demo do irmão dela. Em Salvador, não. A professora Tábata regulava com a minha idade e me botava no alto-astral. Ela usava dread e me ensinava a ser rebelde, coisa que eu já era, eu digo.

Numa véspera de feriado, a professora me levou pro sindicato, era noite de festa. Tábata beijou um magricela e me pareceu feliz. Foi bom, porque coisa de meses ela me arrumou trabalho no sindicato e lá eu fiquei; devagar virei outra pessoa. Esqueci a menina besta de treze anos por um bom tempo.

Anos de formação

Nos finais de semana, longe da prancheta da construtora, Toninho tomava uma dose de gim dentro do banho e depois passava horas se arrumando na frente do espelho. Em geral, vestia seu terno branco com calça boca de sino, o colete também branco sobre uma camisa escura, e seguia para a boate Papagaio, num bairro refinado de São Paulo. Meu irmão não era bom dançarino e tinha um peitinho de pombo. Por conta disso, ele acreditava, sempre saía da Papagaio sozinho. Sozinho e inconformado, pois pensava ter direito a tudo. E porque ele queria tudo, meu irmão tentou muitas coisas.

Por exemplo, encomendou ternos a um alfaiate italiano, com quem gastou o salário de dois meses da construtora. E depois constatou que a roupa não fazia sentido no calor da música e da pista, pois os ternos eram arremessados ao chão, as camisas abertas.

Ainda nos tempos da Papagaio, meu irmão buscou o halterofilismo para expandir o peito, mas logo desistiu porque receava tomar bombas e brochar. Uma vez que o halterofilismo não resolveu sua questão, procurou beber mais gim, para vencer a consternação que o peito mirrado lhe causava. Depois, reparou que os raquíticos também poderiam vencer sem precisar subir ao palco e girar uma garota com os braços. Os raquíticos bebiam champanhe nas mesas e havia muitas meninas a seu lado. Entretanto, o dinheiro de Toninho só lhe permitia ficar de pé, encostado na parede da boate, com um copo de gim na mão. E os olhos, os olhos remoendo uma solidão autoatribuída, tendo em vista que ele, em suas próprias palavras, não era um palhaço feito o Travolta para rebolar como uma mulher no meio da pista.

Às sextas-feiras, às sete da noite, Toninho ainda se encontrava debruçado sobre a prancheta da construtora, com dor nas vistas. A seu lado, um japonês da sua idade, que não era o dono do Landau, mas um engenheiro da politécnica muito dedicado. Esse japonês não ousava tirar os olhos da planta à sua frente e muito menos levantar o traseiro da cadeira. Nessa hora, às sete da noite, às sextas-feiras, meu irmão consultava o relógio e pensava na Papagaio.

Assim, ao final do seu primeiro ano de trabalho como engenheiro, meu irmão se demitiu da construtora, deixando meu pai aborrecido não apenas porque ele próprio havia criado expectativas acerca desse emprego, mas também porque havia articulado com alguém poderoso de seu círculo para obter um cargo para o filho.

Mas enquanto a reprimenda permanecia suspensa entre os lábios do meu pai, Toninho seguia sua vida, considerando aquela derrota como algo temporário. Desse modo, após a passagem pelas pranchetas da construtora, compreendeu o que lhe faltava.

A palavra era liberdade. Toninho encetou uma incursão pelos canteiros de obras, experimentando a liberdade das ruas. Porém, o medo de altura o fez uma ou duas vezes antecipar o veredicto sobre a conclusão de uma laje ou da disposição de um ferro na viga. Esse tempo durou ainda menos que a passagem pelo escritório da construtora.

Então vieram os anos em busca de emprego: tempo de entrevistas, testes de Rorschach, provas técnicas e psicotécnicas.

Reprovado nas entrevistas, meu irmão buscava justificativas. A primeira, sem dúvida, advinha da falta de um cartucho forte. A segunda, Toninho atribuía ao despreparo das psicólogas que o entrevistavam.

Toninho irritava-se mais e mais. Até que apareceu em casa uma secretária de multinacional a fim de fazer aulas de tricô com a minha mãe, que naquele tempo gozava de boa saúde. Minha mãe contou à moça que Toninho tinha sido reprovado em várias empresas, inclusive naquela onde a moça era secretária, e todos em casa gostariam de saber o motivo. Lembro de minha mãe acrescentar algo sobre depressão. No fim das contas, não demorou e a secretária lhe colocou nas mãos o parecer negativo sobre as entrevistas do Toninho, que ela afanou dos arquivos do RH. O documento dizia: "O candidato apresenta certa afetação". Com rebeldia e descrédito na voz, meu irmão comentou: Mas, meu deus, eu sou viado?! Estão dizendo que eu sou viado?!

Deve ter sido mais ou menos nesse período que minha mãe encaminhou meu irmão a um psiquiatra. Não por conta do viado (mas também podia ser), mas porque suspeitava haver algo de anormal com ele, algo que ela não conseguia apalpar mesmo que o tocasse.

Consulta

Em casa criou-se grande expectativa em relação a esse dia. O dia em que minha mãe levou Toninho ao psiquiatra.

Assim que terminou o almoço, meu pai partiu para o banco e minha mãe vestiu sua melhor roupa — um vestido sem estampas, de um tecido grosso —, acompanhada de uma carteira de couro que ela levava debaixo do braço. A porta se fechou e eu tive esperança de que tudo se resolveria. Um irmão muito bom entraria, mais tarde, por aquela mesma porta.

Quando retornaram, ela e meu irmão, horas depois, minha mãe seguiu direto para o quarto. Esperei. Em seguida, já de roupa trocada, ela colocou umas espigas de milho para cozinhar. Continuei esperando. Ela encheu o filtro com água. Ela me olhou. Que foi? Então seu rosto desenhou uma careta de cansaço, mas não tinha a ver comigo. Sem forças, ela me contou. Ela me contou o que se pode dizer a uma criança de oito ou nove anos. Mas a verdade é outra.

Ela estava na sala de espera, folheando um número da revista *Manchete*, mas não prestava atenção às fotos. Uma incógnita acerca de sua vida e competência como mãe estava prestes a ser revelada. Porém, em algum momento ela se distrai, pensando na filha caçula em casa, que naquela hora deve estar fazendo a lição no caderno de capa vermelha do terceiro ano; lembra do marido, possivelmente fazendo contas no lugar do contador principal. O contador principal bêbado e gago porque o filho é retardado. (Era assim que se falava.) E o filho dela? Ela sabe, intimamente, que Toninho apresenta algum problema, mas o quê?

De repente, a porta se abre e um homem magro e alto, de paletó xadrez, se despede de Toninho. É o médico. O homem permanece calado por alguns instantes, de pé, no centro da sala.

Minha mãe havia levado o cheque preenchido, pois tinha um medo tremendo de preenchê-los, os cheques. Ela abre a carteira e passa o cheque para o filho, que o repassa ao médico.

Ainda no elevador, ela pergunta sem olhá-lo. Toninho responde, seguro de si: o psiquiatra disse que sou absolutamente normal. Ela fita o filho e as palavras não lhe vêm à boca, mas há centenas delas ali, ao seu redor.

Que tempos são esses?

Não sei quando aconteceu. Mas aconteceu.

Ele teve um dia ruim fora de casa. E a empregada e a enfermeira haviam ido embora. Por isso minha mãe não estava na cadeira de rodas.

Já dentro do quarto, quando soube que as moças haviam nos deixado, Toninho tirou o sapato do pé e bateu na cabeça da minha mãe com força, mais de uma vez, e ela fechou os olhos, enquanto seu corpo foi se achatando na cama — onde estava recostado sobre o triângulo verde de espuma, contra a parede. Ela não gritou. Quem gritava era Toninho. A culpa era dela, era dela, a culpa pela doença e por tudo.

Num salto, alcancei a dobra do cotovelo de Toninho, puxando-o com as mãos para longe da minha mãe. O tamanho da minha força. Falei para bater em mim. Ele ainda tinha bastante raiva para descontar, mas calçou o sapato e foi para o andar de cima.

Ainda tremendo, tranquei a porta e fiquei novamente sozinha com a minha mãe. Só então ela começou a chorar.

O tempo todo

Era comum atribuirmos à minha mãe a culpa por alguma empregada ir embora. Ou porque ela comia muito e estava pesada demais, ou porque era exigente com a limpeza da casa, ou porque mijava e cagava nas fraldas e acumulava pilhas de roupas para serem lavadas no tanque, ou ainda porque dava trabalho e chamava pelas moças o tempo todo. Afinal, não seria possível ficar quieta, sem precisar de um travesseiro ajeitado nas costas?

Então veio o Toninho e bateu na cabeça dela como punição. Cada vez que ele passava dos limites, aquilo funcionava como um alerta para nós, da raiva que temos dos doentes. Da subsequente vergonha do que somos.

Convergência temporal

Antes e depois do psiquiatra, Toninho sempre esteve convicto de seu futuro glorioso. No entanto, a sequência de decepções na busca por uma colocação no mercado — uma que estivesse à altura dele — saturou suas forças.

Mas algo pior estava por acontecer. Era início da década de 1980, quando chegou a primeira madrugada de todas e, com ela, a doença. A doença pegou todos nós, inclusive ele, meu irmão, de surpresa.

No começo da doença, Toninho dividiu seu tempo entre cuidar dos assuntos práticos da casa, as demandas da minha mãe e o seu debate interno acerca da constituição de um indivíduo rico. A busca por emprego foi deixada de lado, uma vez que suas opções de trabalho começaram a rarear. E havia o arrebatamento da doença, claro.

Porém, quando tivemos a notícia de que nossa mãe jamais se curaria, meu irmão foi obrigado a se mexer. Foi quando lhe deram uma chance e ele a segurou, primeiro com certa desilusão, depois com afinco.

É nesse ponto que o passado do meu irmão se junta à doença de nossa mãe, em meados dos anos 1980. É nesse ponto que as coisas começam a tomar outra forma, ou adquirem sua verdadeira forma. Afinal, mudanças nunca são bruscas. Nós é que estamos quase sempre desatentos.

Digamos que essa outra via não contava com o requinte de uma carreira no escritório, tampouco com a aventura da construção de uma ponte ou viaduto, mas se afigurava como uma função burocrática — avaliar o patrimônio imobiliário de um famoso banco brasileiro — à qual se juntava a possibilidade de viajar para vários cantos do país. Como essa ocupação se mostrasse tranquila, embora mal remunerada, meu irmão encontrou a calmaria necessária, longe de casa, para mergulhar de vez em sua matéria predileta: descobrir como os ricos se tornavam ricos.

Até então, seus métodos nunca atravessavam os vieses históricos, antropológicos e sociais. Seus métodos eram mais pragmáticos, por assim dizer; ligavam-se a estudos econômicos, como opções de investimento, compras, ocupação profissional, além de pesquisas reles, como aparência física, automóveis e demais dotes materiais, que logo se mostraram resultado da riqueza e não sua criação. Essa última constatação, para grande parte das pessoas, é imediata, mas para o meu irmão, não.

Mas seria falso afirmar que essa problemática o aniquilava, pois Toninho acreditava ter direito a tudo. E como se tratava de um direito adquirido apenas pelo fato de ter nascido, de ele ser ele, Toninho não estava disposto a pagar por esse direito fosse com seu corpo, fosse com seu orgulho.

Assim como os mortos são assunto para os vivos, os doentes são matéria dos sãos. E os criminosos, bem, os criminosos dizem respeito às vítimas, quando elas sobrevivem. No mais, justiça é abstração.

Toninho? Toninho olhava para a frente, sempre para a frente. Ele já se encontrava trabalhando no setor de avaliação de imóveis, recebendo soldo de bancário, e começava a vislumbrar, sem ajuda de ninguém, os negócios que o alçariam a um novo patamar social.

Toninho permaneceu nesse segmento por um tempo, pingando de cidade em cidade, almoçando com gerentes interioranos. No finzinho de tarde, antes de encerrar o laudo de avaliação da agência bancária, Toninho deixava o quarto de hotel e seguia para a praça principal. Lá, sentava-se num banco de cimento até a hora do jantar, observando os hábitos, as gentes, o vaivém, o comércio. Nessas praças, avistou os mais variados tipos humanos e, aos poucos, algo o inspirou: todas as pessoas queriam sempre a mesma coisa. E havia um ponto fraco em cada uma delas. Um ponto mais ou menos escondido.

Enquanto Toninho visitava essas praças, minha mãe teve a dose de calmantes reduzida e, aos poucos, retomava a rotina da casa, acompanhando o preparo das refeições, a limpeza, a lista de compras, e até mesmo começou a entrevistar as pessoas que cuidariam dela.

Das entrevistas desse período, há uma que eu gostaria de esquecer. Mas não devo, justamente porque traz uma pista para o que procuro entender quando me sento no quarto dos fundos do sobrado do bairro da Aclimação. Começo a entender que o inferno nasce em nós, entre nós. Mas não é só isso.

1986, 1987?

Meu pai acaba de chegar de uma nova agência de empregos; o casaco do terno dobrado sobre o antebraço; hora do almoço. Não houve tempo para anúncio no jornal. É uma situação de emergência. A seu lado, uma mulher negra, gorda, vestindo uma saia até os joelhos, cabelo preso em coque.

Nós não gostamos de crentes. E meu pai costuma reclamar das negras, não porque sejam negras, mas porque deixam um cheirinho pela casa. Eu sinto o cheirinho, mas tenho vergonha de dizer. É certo que o cheiro dos brancos parece mais azedo, mas ainda não concluí nada a respeito.

Seu nome é Ângela e ela entra segurando uma sacola enorme de pano. Senta-se numa cadeira de vime no hall, de frente para a minha mãe e de costas para quem desce a escada vindo do andar superior do sobrado.

Quando cumprimenta minha mãe, ouço sua voz fina e calma, que não combina com seu aspecto.

Minha mãe conversa um bocado com a Ângela. Enquanto isso, aperto meu pai na cozinha: Por que você trouxe essa pessoa? Não completo a frase, mas no fundo estou perguntando por que ele trouxe uma mulher gorda e negra. Meu pai tem a face exausta e diz que a agência estava vazia naquela hora.

A certa altura, sento-me na escada, às costas da entrevistada, e a despeito de estarmos sem cuidadora mostro para a minha mãe o dedão virado para baixo, enquanto minha expressão facial é de lástima. Minha mãe vê o sinal e disfarça.

Para meu espanto, ao final da conversa minha mãe pergunta à Ângela se ela trouxe as roupas consigo. A Ângela mostra os dentes brancos todos de uma vez e aponta a sacola ao lado da cadeira. As duas sorriem.

E eu fico ali, incrédula, vendo aquele bolo disforme apanhar sua bolsa enorme de pano e seguir em direção ao quarto de empregada, onde o armário manco a espera.

Ângela trabalhou em nossa casa três ou quatro anos. Se não fosse a Ângela, eu não teria conseguido. Talvez exista um deus escondido por aí.

Foi mais ou menos nessa época que meu irmão voltou a estudar. Ele já devia ter mais de trinta anos e, entre uma viagem e outra a trabalho pelo banco, ingressou num curso técnico.

Eu o aguardava no carro nas noites de quinta-feira, enquanto Toninho tomava lugar numa das carteiras enfileiradas numa sala de tacos descascados, onde professores que se assemelhavam a médicos de exames de admissão distribuíam provas com um cigarro apagado entre os lábios.

O colégio técnico ficava no segundo andar de um prédio agastado no bairro do Bixiga. Eu esperava meu irmão dentro do seu automóvel para que ele não precisasse pagar estacionamento e também para impedir que estourassem o vidro do carro e tentassem uma ligação direta no motor; em troca, tinha direito a ouvir música no rádio fixado no painel e escapar um pouco da atmosfera de doença que envolvia nossa casa.

De vez em quando, eu levantava a cabeça para averiguar se as luzes do segundo andar do predinho continuavam acesas. A meu ver, meu irmão era um perdedor. Toninho vendera o Passat branco com teto solar e andava com um Gol básico. Usava calças batidas e sem marca. Seu cabelo ganhara os primeiros fios brancos e tudo nele havia perdido o brilho, ou parte dele. Entretanto, a opinião de Toninho acerca de si mesmo era diferente da minha: ele se sentia bastante seguro, pronto para realizar o grande massacre. Com efeito, a ausência de angústia em seu rosto começava a me incomodar e, nessa ocasião, desconfiei que ele pudesse estar louco ou, no mínimo, promovendo um autoengano irremediável.

Na verdade, eu não entendia, mas Toninho havia encontrado uma oportunidade rentável e compenetrava-se em adquirir os instrumentos que o levariam a fisgá-la. O curso de corretagem de imóveis, na escola técnica no predinho do Bixiga, seria apenas o primeiro passo na sua escalada.

Toninho estudava com apostilas em casa e realizava provas presenciais uma vez por semana. Em menos de um ano, adquiriu um certificado como técnico em corretagem de imóveis. De posse desse pedaço de papel, mandou o banco às favas e começou a receber boladas de dinheiro. Era tudo muito simples.

Toninho apresentava-se como engenheiro avaliador.

Havia sempre a seu lado, diante do portão de uma residência de luxo, um velho corretor de imóveis com um sapato de couro mole nos pés e um maço de cigarros no bolso. Esse sujeito, na maior parte das vezes, manifestava alguma dificuldade de dicção, fosse pela falta de um dente ou porque não houvesse completado o ginasial.

Meu irmão e o corretor que o acompanhava — primeiro o Dário, depois o Lino, o Tito e até mesmo a Dalva — deixavam estacionado seu automóvel baixo-astral longe do campo de visão do proprietário da mansão.

No caso de os cães de guarda os impedirem de alcançar a campainha, meu irmão e seu corretor adjunto levavam consigo um pacote de biscoito de leite para arremessos certeiros.

Com sorte, após um momento mais ou menos longo, surgia de dentro do imóvel, invariavelmente, um senhor vestido com uma calça que encolhera e que, por afeição ou avareza, ninguém se lembrara de doar a um ente menos abastado. Esse senhor, fosse quem fosse, usava uma camisa com tom sóbrio, cujos vincos no peito pareciam fabricados para a eternidade; o cabelo, com frequência, era penteado para trás, embora alguns fios escapulissem e outros precisassem de um acabamento mais cuidadoso em volta da nuca e das orelhas, se não dentro delas. Não raro, o cavalheiro tinha as costas arqueadas e uma mal disfarçada incapacidade auditiva, fosse em razão de um problema físico, fosse pela falta de disposição ao diálogo. Mas essa questão não acanhava Toninho.

Meu irmão estudava de antemão os pormenores de cada família que visitaria. Como um cão viciado, Toninho era hábil em farejar insegurança, solidão e cobiça. Mistura alquímica. Assim, feito Flamel, Toninho passou a transformar palavras em ouro. Melhor dizendo: transformava falência familiar e imóveis deteriorados em material de demolição e, mais tarde, em terrenos onde se construíam dezenas de cubículos quadrados ou retangulares, uns sobre os outros, os quais se nomeavam moradias. Cubículos aos quais ajuntavam-se síndicos e um barulho ensurdecedor nos sábados à tarde, ao redor das áreas chamadas de lazer, além de festas com crianças correndo pelos salões comuns: meninos com camisetas polo sujas de ketchup e bermudas acima dos joelhos, meninas cujo nome podia ser Damares. Imagino esse nome para várias delas. Damares, não dê nas costas do seu irmão! Damares, tira a caca da boca! Damares, desce já daí!

Faço-me rabugenta.

Estou indo longe demais.

Com o pedaço de papel que lhe garantia o registro no conselho dos corretores, Toninho recebia a maior parte da comissão, e a pessoa que o tinha ajudado na pesquisa dos imóveis, que havia tido a ponta do dedo mastigada por um doberman porque o biscoito não resolvera a situação, que tinha levado um pacote de dinheiro vivo aos homens da prefeitura para levantar a metragem de lotes de bairros inteiros, que tinha dirigido o veículo baixo-astral pra cima e pra baixo carregando os senhores de pelos na orelha, apresentando os demais prédios da construtora de sobrenome estrangeiro, que tinha dado sua palavra de como a obra seria rápida e de como a horta no fundo do quintal não faria falta alguma à patroa e que afirmara: O imposto predial nunca mais será um câncer no seio da sua família! Pois sim, essa pessoa receberia meio por cento, e era justo e acertado. E também porque o ilustre auxiliar não era engenheiro e lhe faltava um dente, que não se esquecesse nunca disso. Um dente.

As comissões seriam divididas pela metade. Assim começava a amizade. No meio do negócio, o valor era rediscutido e Toninho alegava que somente ele possuía um blazer Pierre Cardin; claro, o tecido já não era tão novo, mas o blazer era azul-marinho e quem não respeita uma cor dessa? Diga-me, Dário, quem? O Pierre Cardin emprestava dignidade à transação. O proprietário só tinha assinado a papelada depois de avistar o paletó de boa marca.

Dário, ou seria Tito? Ou dona Dalva? Ou Lino, o baixinho? Não lembro a ordem, mas um deles certa vez acelerou fundo o carro baixo-astral ao sair de nossa casa, após discutir com meu irmão. Acelerou tão fundo que antes de chegar à esquina o veículo tossiu pelo escapamento, emitindo um ronco que se ouviu por um minuto a fio.

Eu senti medo. Não do meu irmão, que aparentava tranquilidade e quase sorria. Senti medo do corretor que saiu porta afora com a cara vermelha e redonda; em seu pescoço havia uma veia prestes a romper. Por um instante, acreditei que ele pudesse me golpear ou golpear a Ângela, que passava pela sala com a comadre lotada de bosta. Mas não.

Depois, depois reparei no meu irmão e de repente ficou nítido que aquela pessoa não significava nada para ele. Na opinião do meu irmão, as regras, todas, eram flexíveis.

Não me recordo se Toninho comentou o ocorrido. Creio que ele retomou seus afazeres como se nada de extraordinário houvesse acontecido. E dali em diante essa história, toda essa história passou a me afetar de modo irreversível, embora eu não compreendesse por que me afetava, tampouco conseguisse atribuir um significado para esse jogo, o jogo entre o certo e o errado.

Se conservo alguma certeza, tem a ver com o rumo que as coisas tomaram: quando botaram um revólver na cabeça do Toninho.

Mas antes do revólver na cabeça (isso já em 1998), antes, durante os primeiros tempos da doença, houve uma série de atos. Desses pequeninos. Faíscas. Mas falar de Toninho cansa. Não vou falar.

2019

O cão velho geme, postado atrás de mim. Ouço o bater de seus dentes. Preciso lhe dar de comer. E me conformo: vou me esquecer do que pensava. Do que eu pensava pensar.

Sigo até a cozinha e coloco ração úmida no pote de Gaspar. Na volta, escolho outro disco de vinil. Ligo a vitrola de novo. O prato começa a girar; aguardo alguns segundos até que eu me sinta segura o suficiente para pousar a agulha estática sobre a superfície em movimento. Às vezes, nessa hora, passa-se muito tempo. Quando imagino que posso perder a coragem, solto o braço da vitrola num gesto entre desajeitado e repentino: tenho certeza de que um acidente sobrevirá, mas a cabeça da agulha repousa na primeira faixa com inesperada tranquilidade. Receio que minhas mãos comecem a tremer feito as mãos de um doente. Coloco-as assim no ar, espalmadas, para averiguar. Olho à volta temerosa de que alguém observe meu ato. Mas quase sempre estou sozinha, como agora. Posso relaxar. Sento-me novamente na cadeira e enquanto o disco toca ouço Gaspar tomar água com volúpia. Mas agora Gaspar já está de volta e torna a pedir comida, pois se esqueceu de tudo o que aconteceu um minuto atrás.

Presto atenção à melodia, gostaria de guardá-la num reservatório imperecível, cravá-la em um bloco de titânio, nos ossos, nos fósseis, nas nuvens, nos átomos.

1986

Geladeira. Aves. Aves que lembram minha mãe, com o peito estufado de hormônios. Há poucas unidades para escolher, algumas mercadorias começam a faltar nas prateleiras e ando com uma lista de preços nas mãos para reclamar com o dono do mercado.

Sabemos quando há reajustes e eles estão terminantemente proibidos pela lei.

Pedi aos meus pais um broche com as cores do país, um broche que me conferisse autoridade, autoridade de fiscal do presidente. Muitas pessoas usam esse broche. Homens e mulheres de cabelo branco até.

Calculo que eu não esteja sendo muito inocente ou ridícula, embora desconfie que sim. Meu pai riu de mim, mas não me explicou; ele deixa que eu entenda a situação por conta própria, mais tarde talvez.

E não demora um mês ou dois para que os broches sigam para as lixeiras e os preços disparem como foguetes.

Mas nesse meio-tempo as gôndolas ficaram um bocado vazias e o velho pânico tomou conta das pessoas. Então é sábado, a manhã já vai avançada e sobraram cinco ou seis frangos na geladeira do supermercado. Precisamos levar dois, sempre levamos dois. Separo um frango menor e o deixo encostado no canto da grade, próximo ao meu corpo; com as mãos livres, vou em busca do segundo. Mas as mercadorias não estão muito aprazíveis, são uns frangos tristes, nem mais se parecem com algo que já teve vida. Não sei se isso é bom ou ruim. No entanto, ainda caço um exemplar não muito grande nem sangrento, tampouco com aquelas marcas arroxeadas de carimbo ou sei lá o quê.

De repente, uma velhinha estica o braço e apanha o frango menor, aquele que separei; claro, ele ainda não se encontra no meu carrinho, mas penso que a ideia de propriedade está subentendida, uma vez que ali somos só nós duas na batalha pelo frango menos triste.

Bom, eu nem tenho tempo de falar nada, ela surrupiou meu franguinho e o levou embora com uma ligeireza típica de quem muito viveu. Ali perto, meu irmão assiste a tudo e, rápido, cata um frango da geladeira e o arremessa em direção à cabeça da velha, que já vai longe. Nisso, o frango desenha um arco bonito de se ver no céu do mercado, feito um bólido, e eu abro a boca, admirada. Ao final da trajetória, o frango resvala de leve na cabeça branca da velha e cai em cheio em seu carrinho. Nisso, meu irmão esgoela mais alto que o alto-falante propagador de ofertas, esgoela que ela deveria respeitar a mercadoria dos outros. Toninho estica o pescoço feito um galinho novo. Nesse exato momento, meu pai está retornando da fila da carne, então dá meia-volta e finge que nada aconteceu. Me junto a ele e vamos embora, deixando meu irmão lá. Nunca mais Toninho fará compras conosco.

Perto do fim

Quando o pai do Djalma-das-mesas-de-bilhar apontou a Beretta contra a cabeça do meu irmão, não havia dúvida: ou Toninho devolvia a maleta cheia de notas, notas com a efígie da República de um lado e a garoupa no verso, ou uma bala sairia daquele cano para estourar seus miolos. Não exatamente naquela hora, mas depois, estava subentendido.

Meu pai presenciou o anúncio e mijou na calça. Segundo meu pai, aquele foi o único jeito, jeito infalível, de fazer meu irmão vender um imóvel e pagar a dívida com o Djalma-das-mesas-de-bilhar.

Mas como tudo começou?

1996

Nessa altura eu tenho um noivo. E sobre a mesa da cozinha está disposta a toalha de linho que minha mãe havia guardado para esse dia. O tecido ainda tem goma, mas apresenta discretas manchas amarelas em alguns pontos.

Estou feliz, mas não do jeito que imaginei. É uma felicidade franzina, porque no final das contas nada nessa história é excepcional.

Sempre achei que no dia do meu noivado eu teria vergonha dos meus pais, da minha casa, da comida que serviríamos, mas não, sinto vergonha da família do meu noivo, que é mais pobre que a minha, mais jeca e estreita das ideias.

O pai do meu noivo é um ferroviário aposentado cheio de manias. Passa o dia amassando latas de alumínio que recolhe pelo bairro, para depois levá-las ao centro de reciclagem. No final da tarde, prepara textos endereçados a políticos, a serem publicados na seção de cartas do jornal de sua cidade. Ele os escreve à mão para depois passá-los a limpo na máquina de escrever. Quando vou ao interior visitá-los, ele lê as cartas para mim e pergunta minha opinião. Apenas pergunta, não quer ouvi-la. Na maioria das vezes, elas são redigidas num português retórico e cheio de preciosismos inúteis. O conteúdo é um misto de exibicionismo, moralismo e tentativa de salvar o mundo. O mundo dele.

A mãe é uma figura de carnes moles, cabelo mal penteado e verrugas nos braços. Nunca abre a boca. Quando o faz, é para bem-dizer o marido e os filhos. Comigo, os dois conversam por meio de indiretas polidas.

Sem dúvida, hoje o casal está mais simpático que o normal, pois a casa onde moro, por mais descuidada que esteja, tem uma aparência melhor que a deles. Ao mesmo tempo, percebo que estão intimidados por termos duas pessoas empregadas aqui.

Embora Toninho não esteja presente, o que já significa um alívio, sinto-me apreensiva com o que meu pai e minha mãe pensam: decerto, condenam minha escolha, mas pressentem que não há muito tempo para uma mulher prosseguir sem se casar. Uma mulher com uma mãe na cadeira de rodas. Uma mulher cuja mãe na cadeira de rodas pode "sobrar" para o futuro genro. Então o jogo está mais ou menos equilibrado entre as famílias. O jogo da vida.

Enquanto faço essas contas, todos mastigam sorridentes a lasanha que eu mesma preparei. Nisso, alguém tece um elogio, ao qual não chego a prestar atenção, pois estou ocupada com um pedaço de plástico na língua — a lâmina que separa as folhas da massa fresca e foi levada ao forno sem querer. Retiro o plástico da boca, torcendo para que ninguém repare na manobra. Em seguida, lanço um olhar desesperado ao prato da minha sogra, mas não vejo nada de errado em sua comida.

A tensão só diminui quando todos encerram o almoço. Não há discurso, não há pedido de casamento. A aliança já está em nosso dedo. Uma aliança fina escolhida pelo meu noivo. Ainda não há data marcada, embora eu deseje que seja logo.

Meu noivado com Lucas duraria dois anos. Desse tempo, desse final, restou um comentário do meu pai: "Nossa, que vergonha!". Meu pai estava se referindo a si mesmo.

1998

O Djalma é um dos homens mais ricos que conheço; tem a barriga pontuda e dura, a camisa sempre aberta e uns pelos raros no peito. Por conta do cabelo grisalho, aparenta uns cinquenta anos, mas é novo, se bobear tem trinta e poucos.

O Djalma não é de falar; conhece alguns adjetivos, meia dúzia de verbos. Djalma-das-mesas-de-bilhar cresceu na Zona Leste de São Paulo e aos dezenove anos largou o colégio público para ajudar nos negócios da família. Foi meu irmão quem contou.

O pai começou comprando uma ou duas mesas de bilhar. Alugava as mesas para um boteco, um grêmio recreativo aqui, outro acolá. Aconteceu que o negócio ganhou corpo e se espalhou.

Agora o Djalma administra os aluguéis de quatrocentas mesas de bilhar, enquanto o pai anda metido com máquinas de bingo. Djalma fica com a parte fácil da história. Recebe pessoalmente os aluguéis, em cash. Quem não paga, sofre pressão. Djalma sabe pressionar, até certo ponto. Mas o dinheiro grande pertence ao pai, pai do Djalma.

Quando o Djalma direcionou parte dos aluguéis para um negócio novo, coisa de internet, século XXI, o pai ficou contrariado — mas quem sabe o filho não teria razão dessa vez? Apesar de ser um homem simples, o pai do Djalma-das-mesas-de-bilhar é capaz de se comportar como os pais esnobes, homens de estudo e cultura, isto é, ele sabe que todo pai, um dia, tem que deixar a cria caminhar com as próprias pernas, para se danar ou crescer — o que no fim dá no mesmo. Com Djalma, seu filho, não é diferente.

Toninho não é a primeira pessoa que Djalma conhece fora de seu circuito, mas Toninho lhe parece eletrizante — cedo fala de Djalma para Djalma o que nem Djalma desconfia de si.

Toninho já acumulou capital para uma vida sossegada, mas uma vida sossegada não é tudo e Toninho acha que tem direito a tudo. Aliás, Toninho se casou. Casou-se com uma mulher de cabelo liso, mas ela não é alta, nem loira, nem professora ou nutricionista. É uma tecnicista. E tiveram uma menina. De sorte que Toninho precisa consertar algumas coisas. Para consertá-las, precisa de mais dinheiro. Além disso, Toninho se desgostou da fórmula que ele mesmo criou: parcerias com corretores, comissões vultosas e renegociação dos proventos de cinquenta para meio por cento ou menos. Tudo assaz trabalhoso. Toninho gosta de rapidez e sente que sua grandiosidade finalmente pode se concretizar de modo fantástico. Portanto, imagina que possa levantar todo o dinheiro a que tem direito de uma única vez. Para esse empreendimento, precisa ser arrojado: vários sócios e a jogada certa. É aí que entra o Djalma-das-mesas-de-bilhar.

Tomam cerveja juntos num balcão de padaria. Toninho, como de costume, mostra-se especialista em vários assuntos.

Djalma, por sua vez, aprova o jeito confiante de Toninho. E deseja tomar para si parte dessa confiança: voltar-se para o pai de modo articulado e seguro. Quem sabe se apresentasse Toninho ao pai, este mudasse a opinião a seu respeito — a respeito de Djalma.

Toninho, na roda que se forma a seu redor no balcão da padaria, conta histórias improváveis, embora convincentes, todas a seu favor; Toninho é eloquente como nos tempos do seu comércio de limonada. E agora encontra ocasião de falar sobre seu novo negócio, a internet.

Nem todos têm um celular nessa roda. Percebendo a dificuldade dos interlocutores, Toninho abre uma revista de economia sobre o balcão:

"Está chegando um tempo verdadeiramente histórico. Um tempo único. Essas oportunidades, que se dão ao longo da eternidade, oportunidades concedidas a todos, inclusive aos pobres, ou seja, a possibilidade de ascensão, pois ao contrário das outras fases da vida, das épocas constantes, quando os pobres continuam pobres, nestes tempos, tempos de mudança (Toninho revira os olhos em busca de uma palavra melhor, e a encontra), tempos de revolução, alguns, os mais ousados, os mais inteligentes, os desbravadores, podem dobrar ou triplicar seu capital, mas devem agir rápido, antes dos outros; quanto antes, melhor."

Perguntam-lhe o que tem em mente e Toninho mostra as fotos do imóvel que mandou construir para a sede da futura empresa, acrescentando que há somente quarenta cotas disponíveis. Djalma bate a mão no balcão como num jogo de truco e comunica que ele quer todas, todas as cotas.

De um instante a outro, como se estivesse no Vale do Silício e houvesse lançado uma start-up na Bolsa, Toninho torna-se empresário cibernético.

A ideia aparenta consistência. E, não posso negar, Toninho tem talento. Ele intuiu o que Djalma precisa e deu isso a ele.

Mas logo Toninho descobre: quarenta cotas não são suficientes. Novamente, a sala de reunião é o balcão da padaria. Ele explica os contratempos a Djalma e este, sem encarar Toninho e com o beiço conformando um bico choroso, responde que não pode mais pedir dinheiro ao pai.

Toninho não se abala, informa a Djalma que buscará mais cinco ou oito ou até dez sócios, todos com cotas menores para não retirar o brilho e o pioneirismo do amigo, a fim de reforçar o caixa. Djalma-das-mesas-de-bilhar, que agora deseja ser reconhecido como Djalma-empresário-cibernético, dá de ombros, embora tenha recostado a barriga no balcão e fincado o cotovelo ao lado do copo de cerveja de um jeito que ele todo parece desmoronar. Ao perceber o esmorecimento do Djalma, Toninho corre a comentar que uma dessas sócias seria sua própria irmã, coitada, perdida na vida, ela que anda descabelada desde que descobriu que o noivo é viado, imagine, viado, ela que nunca deu certo em nada, desprovida de imaginação, embora até seja bonita e direita, e nessa hora observa bem o rosto do Djalma, para ver se este lhe sorri um pouco ou nada; de pronto, uma das sobrancelhas do Djalma levanta-se de modo involuntário. Toninho obtém a resposta, uma resposta que Djalma tenta ocultar, mas não consegue.

Segue-se um momento de silêncio, que Toninho contorna tomando um longo gole de cerveja.

1993?

Havia um salão de barbeiro; um fotógrafo; uma igreja; um menino parado.

O quê mais?

Mais nada, ué.

Quem era o menino parado?

Não sei.

Como não sabe, Emília?

Um desses meninos que ficam na rua, na praça.

Era Descalvado?

Não sei, ia pouco pra lá.

E o que mais?

Não tinha mais nada. Deixa pra lá, é só um sonho.

Eu quero saber tudo de você, de Descalvado, da fazenda.

Tenho mágoa da fazenda.

(Vira-se na cama de solteiro)

Vamos mudar o rumo da prosa? Fala de você, do Ceará.

Ceará é assim: calor! Faz muito calor e não chove.

Não chove?

Tem lugar que chove. Tem lugar que não.
E você?
Eu?
É.
(Risadas)
Eu não tenho sonhos, não te falei?

1993?

Há um coração desenhado na parede do quarto de empregada. Dentro do coração, os nomes Emília e Leila. Acho engraçado, mas acho bom, assim como minha família também acha. A velha ansiedade para sair de folga não acontecerá com essas duas, talvez até prefiram não entrar de folga.

Emília chegou primeiro, de uma fazenda próxima de Descalvado, para lavar e cozinhar em nossa casa. Magra, alta, frágil e quebradiça. Leila veio depois, do Ceará. Robusta, esbanja saúde; tem o rosto bonito e a pele bronzeada. Leila cuida da minha mãe, de suas roupas, de seus laxantes, da comadre, dos calços que a envolvem na hora de dormir: pernas levantadas e separadas para não formar escaras, o corpo levemente de lado, com dois travesseiros para apoiar as costas, os braços inclinados, com a ponta dos dedos mais elevadas que os ombros. Tudo debaixo de várias cobertas, mesmo no verão, porque minha mãe sente muito frio.

* * *

As duas formam uma dupla improvável. Leila é voluntariosa, mas nunca enfrenta minha mãe; costuma engolir sapos, pois não tem para onde voltar. Emília é pacífica e viveu uma situação complicada: fugiu da fazenda onde o filho do patrão tirou sua virgindade. Minha mãe se compadeceu da história e a contratou. E assim vivemos outro período de calmaria, que dura cerca de quatro meses.

Ao final desse tempo, acontece-nos uma surpresa. Enquanto passa um programa chatíssimo na televisão, minha mãe pede que eu chame a Leila no quarto de empregada. Chego de mansinho, pois sou uma pessoa mansa, e avisto as duas deitadas na cama de solteiro, trocando um carinho muito bonito nos cabelos, de mãos dadas.

Corro para informar minha mãe. Dessa vez não repito o escândalo do passado, quando contei da Nilcélia comendo e evacuando no vaso sanitário. Falo baixo no seu ouvido. Primeiro ela toma um susto, depois sorri com malícia e conta ao meu pai, que encara tudo com alívio.

Dias depois, minha mãe pergunta pra Leila se aquilo é verdade.

Eu sempre fui assim, dona Vânia, homossexual. Mas para a Emília é novidade.

Minha mãe fica brava com a Leila, por ela ter pervertido a coitada da Emília, que nunca saiu da fazenda e foi enganada por um homem rico.

Leila fica puta com a minha mãe e não se deixa intimidar.

No final das contas, meus pais acabam aceitando bem a relação, até porque lhes é conveniente.

Só algum tempo depois é que eu vejo o coração desenhado na parede do quarto. Dou risada. E de novo conto a eles, e eles também riem.

Não tenho nenhum amigo gay. Como todo mundo na rua Sertões e na minha família, considero isso uma doença, um desequilíbrio, algo surreal. Uma vez, na escola, a professora de ciências nos aplicou um questionário secreto. Ela disse que não havia problema algum em assinalar um xis numa opção ou noutra e que poderíamos conversar com ela, em particular, sobre essas coisas. Eu fiz um xis no heterossexual e o assunto acabou.

Não demora, o sossego acaba. A Emília não tem mais como esconder, está grávida.

Eu, meu pai e minha mãe nos perguntamos: O que será da Leila? Ela sabe?

Sabe desde o início. Leila é feita de ferro. Quer assumir a criança. Mas a criança não poderá crescer aqui em casa.

A essa altura, Toninho já está de casamento marcado e deixa a solução a nosso cargo. Meu pai, exaurido, procura não externar o receio de que a criança nasça aqui e nunca mais saia de nossa casa. Emília aguarda o nosso parecer, até que minha mãe tem uma ideia.

Existe uma instituição nas imediações do bairro que presta amparo a mulheres em situação de vulnerabilidade. Então fica combinado (não está nada combinado, são apenas palavras da minha mãe) que a Emília trabalhará mais dois meses em casa, sem fazer esforço físico, isto é, sem carregar minha mãe, e depois partirá para a casa assistencial, onde após o parto poderá morar por até seis meses.

No começo a Emília fica chateada, mas quando meu pai a leva de carro para conhecer o centro de acolhida, volta mais tranquila e passa a fazer sapatinhos de tricô para o bebê nas horas vagas.

Quem não gosta muito da ideia é a Leila.

Mas a vida, tão efêmera, tão inexplicável, traz uma reviravolta: ao dar à luz, Emília termina tudo com a Leila e em algum momento depois disso se casa com um homem que trabalha no amparo maternal.

Em resposta, Leila pede as contas.

Apesar de não haver uma lógica explícita nessa sequência de acontecimentos, ninguém se surpreende.

Na hora da despedida, minha mãe ainda insiste com a Leila:

“Se você quiser, você pode mudar, eu te ajudo a dar um jeito, a ficar mais feminina, você tem um rosto bonito, vai chover homem atrás de você.”

A Leila costuma torcer o nariz quando está insatisfeita. Agora, nem isso ela faz. Apenas vai embora de cara fechada.

Um ano depois, a Emília nos visitou com o marido e a menina no colo — que se chamava Vânia em homenagem à minha mãe.

Foi o Chacrinha quem me mostrou uma musiquinha pra tirar sarro das mulheres que gostam de mulheres e mudam de sexo à meia-noite.

Nos tempos da Lurdes gorda, eu pensava que ela era homem. A Carminha, que veio de Garanhuns, tinha rosto de homem, tronco de homem e não sabia cozinhar. Carminha só sabia trabalhar com a enxada, por isso era forte feito um homem e carregava minha mãe quase sozinha.

1998-1999

Toninho tem certeza. Está sendo vítima destas pessoas: donas de casa, profissionais liberais, todos fracassados que nada sabem do mundo corporativo, além do bruto do Djalma-das-mesas-de-bilhar, que só tem dinheiro, não entende da labuta num escritório. Essas pessoas afundaram seus planos. Eu estou entre elas.

Toninho, quando soube da minha situação; quando soube que eu havia contratado um detetive particular para seguir meu noivo e que as fotos confirmaram as suspeitas de que eu havia sido muito malsucedida em matéria de amor; quando soube que larguei um emprego no qual meu salário foi reduzido à metade por conta de uma crise econômica que foi superada por todos, exceto por mim; quando soube que atingi a idade na qual uma pessoa não pode mais errar e uma mulher não deve prosseguir solteira; quando soube que era sábado à noite e eu não tinha nenhum programa pela frente, ele me chamou para comer um pedaço de pizza e tomar um refrigerante em seu apartamento.

Naquela noite de sábado, após ouvir meu relato, Toninho sugeriu que eu não deveria me preocupar com as derrotas, elas eram provisórias. Em seguida, transformou-se num adolescente empolgado, cheio de energia: apanhou algumas revistas debaixo de um móvel e abriu cada uma delas ao meu redor. Em todas as manchetes, li sobre a revolução que a internet traria. Muita gente estava enriquecendo da noite para o dia. Bastava uma ideia brilhante. Então ele me disse: por que você não acalma a mente e tenta pensar numa ideia inovadora?

Dito isso, Toninho notou meu jeito acabrunhado e compreendeu que eu ainda estava muito por baixo. Continuou me estudando ao longo de um instante. Voltou com uma sugestão mais factível: asseverou-me que eu precisava renovar o guarda-roupa. Levantei os olhos e ri de verdade. Ele tinha razão, talvez um pouco de futilidade me fizesse bem; qualquer coisa pequena, que eu pudesse executar, me faria bem. Comprar roupas significava contrariar todos os propósitos e princípios de vida com os quais eu me comprometera até ali (apesar de eu trabalhar com publicidade). De nada havia adiantado seguir por aquele caminho, ninguém tinha visto o meu valor. Além disso, eu sentia um ódio desmesurado dos tijolos da futura casa no interior com a qual sonhei um dia. Os tijolos estavam representados nas notas de reais aplicadas numa pequena poupança, poupança conquistada às custas de refeições ingeridas diretamente na marmita de plástico sobre a bancada de fórmica da agência de publicidade, no centro velho e pobre de São Paulo. Eu sentia ódio das minhas escolhas. De todas. Minha força se voltava contra mim justamente num momento em que eu não conseguia dirigi-la para fora.

No dia seguinte, Toninho me acompanhou a uma butique de roupas, uma butique inteira branca, de chão branco, móveis brancos e pessoas branquíssimas, no piso mais luxuoso de um shopping center. Sentou-se numa poltrona confortável com espaldar largo, de couro puro, e me fez desfilar com roupas que a vendedora não cansava de me oferecer com sorriso, água e café. Finalmente eu me ajustaria ao meu papel no mundo. Procurei encarar esse papel com bons olhos, pois de nada tinha adiantado ter me oposto a ele durante tanto tempo.

Sacolas nas mãos, eu agora era amiga de Toninho, como sempre quis ser.

Havia, além de tudo, um desejo de vingança, de encerrar aqueles dias, todos os meus dias, por cima.

O caminho natural foi abandonar a carreira publicitária e juntar o fundo de garantia às economias poupadas. Transferi esse montante para o meu irmão, em nome de uma cota no futuro, aquele futuro apresentado pelas revistas de negócios e economia. Havia também uma publicação sobre empreendedorismo e, mesmo para mim, que havia cursado marketing, esse título era intrigante.

Toninho me emprestou as revistas, para que eu as lesse devagar, não carecia devolvê-las. Ele sabia que eu gostava de ler. Fique com elas, disse de modo doce, e encarei aquele presente como um consolo, qualquer coisa material que eu recebesse naquele momento já seria um pequeno grão para cobrir a cratera que as fotos tiradas pelo detetive no parque da região da avenida Paulista abriram no meu ser tão pequeno e aflito.

Descobri que minha vida até ali havia sido desnatural. Digo desnatural em relação à natureza humana. Portanto, me esforcei em sentido diverso. Minha atenção voltou-se, então, para o glamour e a beleza, acima de tudo porque eles nunca foram meus atributos mais fortes. Eu não sabia, mas me encontrava vulnerável como uma recém-nascida; negligente também.

Muito rápido, tudo mudaria.

1999

Esperamos na sede da empresa. Esperamos que a página do site nos traga clientes. Como isso não acontece, Toninho tem a ideia de anunciar na tevê. Mas ao ver as tabelas de preços das principais emissoras, opta por anúncios num canal de ofertas.

O comercial passa de madrugada, e de madrugada não há ninguém para atender o telefone na empresa.

A página na internet ainda não funciona corretamente e ainda não sei a diferença entre e-mail e site. Há um time de vendedores; alguns deles tentam "se apossar das nossas mesas" para usar o telefone e Toninho alerta: vendedor não pode ter mesa, vendedor tem de estar na rua, queimando sola de sapato.

Os vendedores vão embora por conta própria.

Não demora, Toninho começa a nos culpar, primeiro as donas de casa, depois a dupla de dentistas, o jornalista e depois a mim. No mês seguinte, cortariam a luz.

O gerente de vendas, resiliente até então, após um Campari e meio maço de cigarros, sugere que poderia renegociar as dívidas, ele está acostumado com isso. Toninho concorda e na manhã seguinte o demite. Toninho quer um gerente que venda, e todos nós aprovamos.

Na falta de um vendedor que venda, de um gerente de pau roxo, nós mesmos devemos sair às ruas, nós, os sócios. Toninho fala e cruza os braços.

Na sequência, oito ou dez sócios descem a avenida que passa ao largo da empresa, batendo de porta em porta. Permaneço de pé, na saída, assistindo à investida, até o ponto que meus olhos não conseguem mais avistá-los.

A partir de hoje, decido, não voltarei ao trabalho.

Tem que ser pelas mãos do pai do Djalma, porque o Djalma, o Djalminha-das-mesas-de-bilhar, embora carregue uma barriga dura e pontuda, embora ande por aí com a camisa aberta no peito e uma capanga pendurada no ombro, o Djalminha não tem fibra para tanto.

O pai lhe dá uns cascudos e enfia a Beretta na cintura da calça. Em seguida, ordena o almoço à esposa, para quando voltar.

O pai do Djalminha chega ao escritório da empresa. Coça o nariz com força. Depois funga alguma coisa dentro da garganta, enquanto passa os olhos pelo ambiente: um prédio largo e novo, com dois andares e amplos janelões de vidro. Ninguém vem recebê-lo, mas ele sabe aonde ir.

Do alto da escada, no andar superior, Toninho assiste à cena. Sua única reação é um tique, ele tem um tique, quase imperceptível, mas tem: com o antebraço direito, ele roça a calça na altura do quadril e a levanta um pouco, para que não caia, embora ela não vá cair de jeito algum. E o pai do Djalminha nota esse gesto enquanto sobe as escadas. Mas não é homem de desperdícios. Ao vencer os últimos degraus, repara que Toninho se refugiou na última sala à direita.

O homem não tem idade para se intimidar nem para frescuras. Fecha a porta atrás de si e pergunta o que deseja saber.

Embora experiente, o pai do Djalma pensou que seria simples. Porém, recebe uma resposta dilatada, envolvendo transações financeiras, novos sócios e tecnologias. Nessa hora, percebe que Toninho dispõe de recursos educacionais. Percebe tudo o que poderia perceber.

Ao lado de Toninho, sentado em uma cadeira de material inferior, está meu pai, um homem velho com roupas esgarçadas e olhos de quem desconhece o roteiro completo da história. Mas o pai do Djalminha há muito varreu penas e tristezas de seu caminho. Pensa: quanto mais rápido, melhor. E puxa a arma com firmeza. O fim é claro, alvo. Toninho concorda em primeira instância.

Depois que o homem vai embora com a Beretta na cintura, depois que o homem se certifica de que ninguém o segue antes de entrar no automóvel, Toninho aproxima-se da janela, empertiga-se feito um gato que não precisa de afago e resmunga: Não pagará nada. A seu lado, o pai, meu pai, todo mijado, sente medo e orgulho.

Independentemente de como a vida transcorra, Toninho tem um modo particular de interpretar o mundo. Pela facilidade com que o homem sacou a arma, deduz: o pai do Djalminha não tem nada a perder além da maleta com as notas estampadas com a garoupa. Então Toninho muda de ideia imediatamente. Ser rápido e volúvel faz parte de seu feitio. Agora que o prédio está concluído, pode oferecê-lo por um preço interessante. E já existe comprador.

Em pouco tempo, Toninho vendeu o imóvel e teve um bom lucro com o negócio.

Mas foi graças ao pai do Djalminha que recebi meu dinheiro de volta. Os outros sócios entraram com um processo na Justiça e eu ameacei Toninho com a voz alterada: eu também participaria do litígio. Toninho parecia não estar presente enquanto eu falava, mas em seguida me ofereceu meio sorriso, o meio sorriso que eu já conhecia, e comentou que eu sempre tinha sido incompetente e ele nada esperava de mim. Nesses momentos, quando tudo o que havia dentro dele escapava para fora, nesses momentos, a esclerótica dos olhos de Toninho aumentava de tamanho e nela surgia um brilho malsão.

Toninho devolveu-me dois terços do valor depois da intervenção do meu pai, que dessa vez se mijou só um pouco. Cuspi naquele dinheiro e depois comprei um automóvel novo todo equipado.

Começo de 2000

Ainda estou assimilando a diferença entre e-mail e site, enquanto no sobrado da Aclimação há uma mulher na cadeira de rodas e um homem de bermuda mijada e camisa esgarçada. O homem costuma chupar laranjas após o almoço — o mais estranho, ele chupa laranjas e cheira a linguiça. Seu corpo exala um cheiro de linguiça frita que ele não consumiu. Essas figuras são meu pai e minha mãe, mas eu não os reconheço assim.

No sobrado da Aclimação também há uma cuidadora e uma empregada doméstica, ambas vindas de alguma parte do país que não seja São Paulo. Eu moro nesse mesmo sobrado, como sempre, mas agora sou apenas inquilina.

Pergunto-me: quando meus pais deixaram de ser meus pais e eu deixei de ser filha deles?

Toninho desde sempre esteve à parte, embora seja o filho mais querido.

A última vez que o vi foi em sua casa.

Eu observava o choro da minha sobrinha. Ela tinha cinco anos e o cabelo enrolado. Era uma criança alegre na maior parte das vezes. Seria seu aniversário?

Talvez Toninho tenha lhe dito algo ofensivo sobre sua inteligência, seu corpo, seu cabelo.

Na sala, o silêncio dos adultos era tão extenso e perfeito que todos ouviam o ponteiro do relógio pregado à parede marcar os segundos. Um, dois, um, dois. A vergonha é o sentimento mais audível no ser humano.

Na adolescência de sua filha, Toninho a levou a um bom salão para que recebesse um tratamento. É preciso prestar atenção às palavras. Um tratamento. O cabelo da menina pegou fogo. E mais tarde caiu feito o meu.

Certo vexame quando eu ia bem cedo à faculdade e lá chegava com queijo entre os dentes, porque não haviam me ensinado a escovar os dentes após o café da manhã.

E depois e agora

Há um dia em que você acorda e compreende que a vida não é ilimitada. Quando atinjo essa compreensão, corto relações com Toninho.

Ouço dizer que ele mora numa torre de aspecto futurístico, com pé-direito duplo, perto de um parque — muito embora a paisagem, o verde das folhas, o humor, a risada, a tragédia, o divertimento e o horror lhe sejam indiferentes.

Ouço dizer que ele vive entediado no que chama de mundo-cão-hostil. Sua vida permanece instável, embora a filha lhe escreva cartas, com relativa frequência, de algum lugar da Austrália.

Não guardo nenhuma fotografia de Toninho. Porém, de tempos em tempos, vasculho a internet em busca de uma imagem da minha sobrinha. Não encontro nada. Chego a ficar feliz até, por conservar incertezas a seu respeito. Contudo, preservo os álbuns com as fotos de meus pais antes e depois da doença. Não os tenho em porta-retratos, pois considero inoportuno exibir imagens de pessoas mortas para as visitas que chegam quase sempre tão desprevenidas. Recorro a essas fotografias quando a casa repousa, como agora, e Gaspar ronca baixinho. Apanho um dos álbuns.

Abro a primeira página; a segunda, a terceira. Uma sequência chama minha atenção: eu e minha mãe na praia, eu e minha mãe no portão de casa, eu e minha mãe: ela na cadeira de rodas, eu em pé a seu lado. Examino quem fomos: "O sorriso está em toda foto, o que não se vê está em nós".

Outra sequência, em página separada: meu pai sentado à mesa do escritório; meu pai com meu tio de braços cruzados, meu pai em 3x4 na sua última foto para a carteira de motorista.

Fecho o álbum.

Sem me levantar da cadeira, abro um portal de notícias no celular. Percorro matérias, sem interesse. Leio os comentários.

Vejo uma notícia sobre esportes; não é uma reportagem policial. Trata-se de um esporte comum, um campeonato a que pessoas comuns assistem enquanto comem churrasco e bebem cerveja artesanal com os amigos, enquanto crianças dormem e suas avós postam mensagens religiosas contra o aborto nas redes sociais. A manchete exulta a força física do lutador: "Aldo levou 59 socos na cabeça em três minutos antes de ser nocauteado".

Gaspar ronca. A casa está calma. Logo mais, toda a humanidade irá se recolher no Hemisfério Sul.

Eu devo ser desnatural.

...

...

Flashes:

A cabeça de Toninho inclinada em minha direção: Por que você não é capaz de arranjar um rapaz normal para se casar? Apenas normal — ele enfatiza.

Minha mãe, o tom de voz entre desiludido e incrédulo: Então você é hippie? É isso, você é hippie?

Depois, para si mesma: Minha filha é hippie...

Isso porque eu havia comprado uma calça cheia de estampas de surfe e uma camiseta verde-limão pra acompanhar a moda new wave.

Em alguns organismos, sob determinadas circunstâncias, as anomalias prosperam.

Wikipédia: em 2015, de acordo com os dados de um renomado instituto de pesquisa, a Igreja Universal era a quinta instituição de maior prestígio no Brasil, à frente do Poder Judiciário e da Presidência da República.

A fenda de onde emergiu uma escuridão na qual ninguém pode avançar, de tão opaca. Um lugar de onde nem os cegos ou os poetas são capazes de regressar.

Largarei esse vício masoquista de ver o fim do mundo após o fim do mundo.

Repito a mim mesma como um mantra: não lerei notícias; não lerei, sobretudo, os comentários das notícias. Não sairei de casa. Em hipótese alguma.

Mas devo voltar ao sobrado pelo menos mais uma vez.

1986

Puxo a cama arriada para fora do quarto e a coloco no tempo. Sento-me. Ouço seu estalo. Em algum momento, trazem minha mãe. A cama aguenta seu peso quase morto. Barriga para baixo, nádegas abertas — presas com fita crepe às laterais da cama. O sol secando as escaras do seu ânus e do meio de suas coxas. Foi a doutora quem receitou. E somente a Ângela, com sua força e delicadeza, consegue cumprir as determinações para cicatrizar as feridas.

Enquanto minha mãe toma sol pelada, com a bunda virada para cima, escancarada, a Ângela lava os lençóis e as fraldas no tanque, porque a máquina quebrou uma sucessão de vezes e meu pai desistiu de consertá-la. Assim, todas as empregadas e acompanhantes depois da Lurdes magra (a última a quebrar a máquina), sem exceção, pagaram esse preço. Eu acho injusto. Mas meus pais dizem que a Ângela pode nos deixar a qualquer momento e jamais saberemos se a próxima empregada será merecedora de usar a máquina de lavar. Esse pensamento me entristece. Porém, a Ângela, principal interessada, responde que não liga de lavar as fraldas na mão. E sua resposta me parece sincera. Até porque, ela completa, na casa dos seus pais, no interior, a cento e trinta quilômetros de São Paulo, nunca houve máquina nenhuma.

O plano da Ângela consiste em guardar dinheiro, trabalhar muito e sair pouco. Pelo menos é o que ela diz.

Ângela é crente, mas ouve música normal.

Gosto de ouvir minhas próprias frases.

Música normal.

Ângela posiciona o radinho de pilha sobre a máquina de lavar inutilizada, enche o tanque e depois torna a enchê-lo, até que a água fique clara e a fralda, levemente amarela. Enquanto isso, ela ouve "... do you wanna dance?" e canta "du iu uóna dénce, lá lá lá" e bate o pé, relativamente pequeno comparado ao restante de seu corpo, e depois, num dia quente de verão como hoje, dá banho de mangueira na minha mãe, ainda cantando.

Por fim, come um pequeno pedaço de bife e só um pouco de arroz com feijão — muito menos do que imaginei quando a vi pela primeira vez.

Então começo a experimentar um sentimento de vergonha, mas não uma vergonha trivial, como na infância, mas uma vergonha maior que eu, e não apenas de mim, mas dos meus pais, das pessoas em geral, e também vergonha de perceber que a Ângela não merece nada de ruim. Fico constrangida por saber que ela adivinha tudo isso. Como se não bastasse, ela emprega uma ternura extrema em seus atos para que minha família nunca fique embaraçada acerca dessas coisas.

Para ser sincera, a esta altura eu já amo demais a Ângela e sempre guardo uns trocados para lhe comprar caixas de bombons nas datas festivas. Às vezes, em vez de chocolate, eu lhe oferto um sabonete e um creme perfumado, embalados em papel celofane colorido. Dá-me uma alegria ao peito presenteá-la.

Começo a fazer pequenos serviços e receber por eles, como lavar e encerar o carro do Toninho; além de economizar o dinheiro do lanche no colégio.

Quando a Ângela tem folga, faz questão de banhar-se com o sabonete que eu lhe dei e sai imponente pela porta da rua. No meio do caminho, entre seu quarto e o hall, com o canto do olho, ela me dá uma piscada e empina o nariz. Sorrio de volta, é meu modo de dizer que eu sei que ela quer me agradar — eu tenho lá minha importância. É seu modo de dizer que ela sabe da minha necessidade de ter alguma importância no andamento da casa ou de fazer alguma coisa em uma situação em que tudo está desgraçadamente incorreto.

1986?

No devido tempo, tudo se ajustaria. As pessoas gostam dessa expressão.

Duvido dessa conversa.

Mas quando a Ruth chega à nossa casa, tudo parece entrar nos eixos.

Ruth tem um buço destacado sobre a pele branca, nariz comprido, olhos castanhos bem abertos e redondos; saia até os joelhos e uma surrada blusa de lã costurada ao corpo.

Ela chegou por intermédio dos classificados de empregos de um jornal de grande circulação.

No domingo do anúncio, passamos o período da manhã atendendo o telefone e explicando a dezenas de mulheres como chegar à nossa casa. Elas vinham das mais diversas localizações: Ribeirão Pires, Vila Formosa, Sapopemba, Guaianases, Ferraz, Poá, Brasilândia, Perus, Itaim, Grajaú, Guarulhos, Diadema, São Miguel.

No período da tarde, elas começam a chegar, uma após a outra. Sentam-se numa cadeira cujo vime se gasta pouco a pouco e respondem às mesmas perguntas: se têm marido, filho, se sabem fazer arroz, feijão; se podem dormir no emprego. Em seguida, minha mãe fala sobre o salário e a parte mais complicada: a folga quinzenal, saindo no sábado ao meio-dia e voltando no domingo à noite. Eu permaneço em silêncio, atrás de alguma parede, para ouvir as respostas, como se rezasse. Quando elas dizem ter marido, sei que não haverá chance. Quando mencionam os filhos pequenos, maldigo a taxa de natalidade do país.

Até que a Ruth entra pela porta, acanhada, muito caipira, muito educada. Mansa. Não tem filhos nem marido. Vem de Eldorado, sul do estado.

Nas primeiras horas frias da madrugada, tomou um ônibus em direção a São Paulo. Muitas horas depois, ao desembarcar na rodoviária, comprou o jornal e ali mesmo usou o telefone público para mudar o rumo de sua vida. Não havia muito o que escolher. Veio direto para a nossa casa. Ruth sabe cozinhar e concordou com tudo na entrevista. Veio para ficar.

Na sua primeira folga, saiu no sábado ao meio-dia e voltou no próprio sábado. Não tinha onde dormir.

Hoje, domingo, Ruth come um macarrão improvisado pelo meu pai e depois vai à missa na igreja perto de casa. No caminho de volta, compra uma revista sobre telenovelas e um caderno, que procura esconder debaixo do braço quando passa por mim. Minutos depois, já no seu quarto, liga o rádio de pilha, de onde sai o som arrastado de uma viola parada no tempo.

São Paulo, 8 de outubro de 1986

Queridos pais,

Escrevo para contar que estou bem e com muitas saudades. Em primeiro lugar, peço perdão por ter deixado apenas um bilhete de despedida. É que a minha vida aí não tinha mais circunstância.

Vim para São Paulo fugida do Nestor. Pelo amor de Deus, não contem para ele o meu paradeiro. Não sei o que Nestor disse a vocês...

Estou trabalhando numa casa de família. A dona é uma senhora que vive numa cadeira de rodas, uma senhora muito boa. Aqui eu cozinho, arrumo e ajudo a cuidar da mulher, ao lado de outra moça, a Ângela, que tem sido muito minha amiga. Nesta casa ninguém sabe do Nestor nem da minha história.

Mãezinha, me perdoe e converse com o pai. Rezem por mim. Eu rezo dois padres-nossos seguidos sempre antes de dormir.

Sinto falta do padre Antônio e da polenta da tia. Sei que este ano vou sentir falta da festa de Natal e do presépio que eu sempre ajudo a montar. Mas não volto nunca mais, não volto tão cedo.

Aqui a família é pequena e direita, tem um rapaz que me respeita muito, trabalha fora. A irmã é adolescente, não me pede nada. A casa é bonita. Tem sol no quintal, eu e a Ângela a gente conversa, ouve música, assiste novela. Estamos assistindo Sinhá Moça, *mas é no horário de fazer a janta pra família, então eu perco uns pedaços. À noite, sentamos todos juntos no quarto da mulher, cada um tem seu lugar certo, e assistimos à novela que começou faz pouco,* Roda de Fogo, *que é mais fraca que* Selva de Pedra, *que já era mais fraca que* Roque Santeiro. *O dinheiro que eles me pagam eu vou guardar, pois aqui tenho comida, pouso, sabonete. Só compro xampu e creme, que é tudo luxo. Na próxima carta, mando uma parte do salário. Depois mando mais. O patrão trabalha em banco e vai dar um jeito de enviar meu dinheiro pra vocês.*

Não se preocupem, minha saúde anda boa e um dia essa tristeza passa. Espero que esteja tudo bem por aí e com o trabalho na roça.

Mãe, eu amo o pai, fale pra ele, e amo a senhora.

Se ainda estiver fazendo frio, deixem o Biju dormir dentro da casa.

Por favor, deem notícias. Pode pedir pra Dinha escrever pro endereço do envelope. Aproveitem também pra dizer do mano em Iguape e dos primos em Registro.

Um beijo da sua filha,
Ruth.

Não levou muito tempo para o meu pai se apaixonar pela Ruth. Fazia parte do fenômeno de perdê-lo (como fomos perdendo uns aos outros durante a doença).

Primeiro elogiou a caligrafia caprichada dela, a ausência de erros de português no caderno de receitas. Depois, o sabor da sua comida, os temperos bem dosados, a limpeza, os modos. Enquanto isso, eu observava o rosto da Ruth se avermelhar cada vez que ele enaltecia suas qualidades. Sentia uma mistura de raiva, ciúme e constrangimento. E meu pai não cessava. Minha mãe, por sua vez, provocava meu pai, talvez por pertencer a uma geração de mulheres (as primeiras votantes do país) dispostas a contestar a superioridade masculina por meio de pitadas trocistas e irônicas. Mas meu pai não se importava.

Nos primeiros tempos conosco, a Ruth escrevia a lista de compras da casa. Depois, tomou para si a tarefa de passar a limpo as receitas da minha mãe que se perderam com as lurdes todas. Para essa finalidade, mandaram-me à papelaria buscar um caderno simples, mas durável. Entreguei-lhe o caderno, disfarçando minha contrariedade, pois ela se revelava mais filha de meus pais do que eu mesma.

A letra da Ruth era mesmo bem desenhada, muito legível e inclinada para a esquerda. Ela costumava escrever à mesa redonda da cozinha, onde fazíamos as refeições. Sentava-se um tanto encurvada após lavar a louça, cruzava as pernas e, assim de longe, assemelhava-se a uma normalista de um tempo já passado. Eu invejava seu cabelo, que descia liso e escorrido sobre a face e tocava levemente a folha de papel. Invejava, de certo modo, a paz com que Ruth escrevia, enquanto no quintal, logo atrás dela, o sol caía devagar, indiferente a todos nós. Invejava sua quietude diante do caderno, enquanto o ponteiro frio do relógio marcava a passagem de tudo aquilo que nunca mais voltaria a ser. Invejava, mais do que qualquer coisa, sua atitude, o fresco de seus pensamentos que (eu, arrogante, presumia) não se davam conta de tudo isso.

Ouvia-se, enquanto escrevia, somente sua respiração. Eu a respeitava, porque a paz que ela trazia possibilitava meus estudos, minha alimentação, meu conforto. Por respeitá-la, eu não olhava fixamente para sua fisionomia enquanto escrevia, para que ela pudesse escrever o que bem quisesse. Tampouco buscava decifrar o destino de suas cartas ou a quem se dirigiam. De relance, às vezes me deparava com a página da revista de telenovelas aberta sobre o caderno na mesa. Enquanto isso, no fogão, uma forma em banho-maria prometia um pudim de leite para depois do jantar.

Minha mãe não voltaria a andar, essa ilusão havia se dissipado por completo de nosso horizonte; quando digo nosso horizonte, refiro-me também à própria enferma. Entretanto, agora havia uma ordem pacífica na casa. Não uma ordem comum, feito o arranjo proporcionado pela Lurdes magra e pela Francisca. Havia agora um afeto estabelecido. Conquistado um pouco sem querer. E nós cinco, eu, meu pai, minha mãe, a Ângela e a Ruth, éramos indivíduos felizes, aguardando a programação da tevê à noite, além do pudim, do purê de batatas, dos pastéis. Nem Toninho foi capaz de abalar aquela harmonia, embora muitas vezes tentasse. Mas Toninho sempre desistia, porque sua roupa andava muito bem passada, sua cama, asseada, e seu prato, farto e saboroso.

Segundo meus cálculos, esse tempo durou dois ou três anos mais ou menos. Tempo bastante para frear a curva descendente da poupança do meu pai. Porque todo nosso pânico relacionava-se com o dia em que esse dinheiro acabaria e teríamos de passar fome, vivendo num fim de mundo em um aposento escuro e insalubre, com a minha mãe cheia de escaras, emporcalhada, eu com os estudos interrompidos e os lábios tortos e contritos de um amargo insolúvel na boca.

Contudo, a curva de descida da poupança tornou-se menos íngreme e esse dia, o dia no qual a fome se abateria sobre nós, foi adiado.

E quando ninguém mais esperava por mudanças radicais tanto no seio de nossa família como no solo da nação — um país às vésperas de aprovar uma Carta Magna cidadã, mais justa e progressista que as anteriores —, exatamente nesse momento, quando tudo parecia amainado, aconteceu um pequeno incidente doméstico.

1988

A panela de pressão passeia pelo teto da cozinha até explodir sobre o fogão, esguichando feijão em todas as paredes à sua volta. Enquanto isso, Ruth fita o infinito na janela de seu quarto, desapercebida.

Abandono o rádio, que anuncia o sequestro do voo 375 da Vasp por um homem desempregado, cujo único objetivo era colidir com o Palácio do Planalto e assassinar o presidente, e desço a escada de dois em dois degraus para ver o que sobrou da casa após a explosão.

Meu pai e a Ângela acabam de chegar à cozinha. Passo por eles e sigo para o quintal. Encontro a Ruth na janela do quartinho, com aquele seu ar romântico e lerdo de sempre; não ouviu nada.

A Ruth deve estar apaixonada pelo ator da novela das seis ou, infelizmente, correspondendo aos anseios do meu pai.

Ainda demora um tempo até que eu descubra a diferença entre a minha lógica e a lógica do mundo.

São Paulo, 29 de setembro de 1988

Nestor,

O mundo não tem lógica. Não sei o que me deu quando fui embora, deixando tudo para trás, você, nossa casa, nossa vida. O nome disso é desespero, só pode ser.

Nunca contei a ninguém nossa história, as brigas, o vergão vermelho na face. Nem meus pais sabem. Contei tudo pela metade. Mãezinha é louca que eu volte com você. Ela me falou sobre suas visitas, sobre como anda falando sozinho pelas ruas da cidade.

No começo, tive raiva e medo de você. Mas o tempo passou e não consegui te esquecer. Você já deve saber: estou trabalhando numa casa de família. Todos os dias, especialmente quando escolho feijão, antes de me recolher, na quietude da noite, lembro da nossa casa, do tinido dos grãos batendo no fundo da panela de alumínio, da hortinha no vaso grande pegado à cozinha, da nossa cozinha escura, que você prometeu abrir janela. Lembro das horas em que te esperava ansiosa pela fresta da porta; seu olhar sob a cicatriz, cicatriz que mudou sua sobrancelha de cor; e dos seus olhos naquele dia, quando o enfrentei com a vassoura, o rosto pegando fogo com a quentura do tapa. Você todo era culpa, eu bem podia sentir. Conheço sua índole, por isso resolvi perdoar. Você me perdoa e eu te perdoo. Pode ser assim? Tenho tantas saudades!

Mas antes de prosseguir com esta carta, preciso lhe dizer: aquele rapaz, o tal Jair, filho do arranca-dentes — seu patrão —, muitas vezes me perseguiu pela cidade de noitinha. Nestor, ele não respeita nenhuma mulher nem ninguém. Eu não lhe contei para não criar cisma. Agora é minha palavra contra a dele, eu sei. A família dele é dona do comércio e a gente vive à mercê. Mas, olhe, minha proposta é de conciliação: eu volto pra casa e a gente trabalha no roçado com meus pais. A gente devia morar com eles. Não quero você misturado com esse povo que manda e desmanda, você feito capataz. Eles te vasculham do avesso e encontram o que há de pior na sua alma. Pense. Padre Antônio pode dar sua bênção e ajudar a gente com a cooperativa.

Nestor, preste atenção, sempre vivi com honestidade. Aqui em São Paulo, estou segura, trancada numa casa de família que nunca ouviu falar dessa jagunçada, maldição da nossa terra. São Paulo é enorme e por isso mesmo não tive vontade de conhecer. Gosto da nossa cidadezinha, apesar dos problemas todos. Por te amar demais, sou capaz de aguentar coisas que me enervam, como o ódio nos olhos desse Jair e dos irmãos dele quando estão em cima de um touro, domando o bicho, para mostrar a todos nós que eles são capazes de fazer isso conosco também.

Veja, esses dias aprendi a fazer pastel com a dona da casa. Coitada, vive numa cadeira de rodas.

Vou preparar pastel pra você quando eu chegar aí, além de outros pratos. Estou passando a limpo o caderno de receitas da patroa e fazendo uma cópia para mim. Aqui todos apreciam mi-

nha letra e me elogiam por eu ter cursado o ginasial. Dizem que possuo inteligência para continuar os estudos, até me deram licença para fazer o colégio à noite.

Durante três meses frequentei uma escola pública aqui perto. Corria com a janta e na volta havia uma pia de louça que eu lavava antes de me deitar. O patrão afiançou que eu deveria fazer faculdade de direito, pois eu escrevo muito bem, até melhor que a filha dele. Mas aos poucos desisti, prefiro largar todo esse futuro para ficar ao seu lado, porque você envelheceu cem anos durante minha ausência.

Nestor, antes de terminar esta carta, insisto: suas mãos gentis não comportam a brutalidade daquela família. Ainda há tempo, antes de seu espírito se corromper por inteiro. Venha me buscar.

Beijos com amor, daquela que aguarda o seu perdão,
Ruth.

Muito antes da primeira madrugada de todas

Estupor.

...

...

...

Não.

Não escolho bem as palavras.

Há vergonha. Vergonha e surpresa. Uma surpresa ruim, sobre não ser quem se pensa que é.

...

...

...

...

Estamos os quatro descontraídos ao redor da mesa. Eu, meu pai, minha mãe e Toninho. Dou risada de um comentário feito por mim mesma. Um comentário de fundo cruel. E de repente o contentamento de Toninho:

— Mas você pensa o quê? Mamãe também foi empregada doméstica!

Toninho mal termina a frase e eu pressinto que aquilo seja verdade.

Os olhos da minha mãe cruzam com os meus num relance, desviam-se para Toninho e depois para o meu pai. Uma máscara de riso reveste seu rosto. Meu pai e Toninho também riem, como se houvessem escutado uma piada; em seguida, silenciam, cúmplices, diante da minha estupefação.

Aflita, sentindo-me traída, traída pelo fato de eles três terem, entre si, muito mais tempo de convivência antes da minha chegada ao mundo, aguardo uma resposta.

Minha mãe não me olha por completo:

— Foi por pouco tempo.

Toninho conhece a fundo meu caráter e o de todos ali na mesa, então escava a história o máximo que pode:

— Conte para ela por que a minha madrinha é a minha madrinha.

— Toninho, larga de ser chato.

Minha mãe vira o rosto, já sem nenhum riso, enquanto meu pai, que possui sementes iguais aos brotos que crescem de modo irreparável na personalidade de Toninho, não se priva de escarnecer do segredo dela, como se a mácula, sendo mácula, atingisse somente minha mãe, sem respingos para nenhum dos lados.

Insisto no assunto. Toninho, diligente nessas circunstâncias, junta os pontos para mim:

— Você acha que papai e mamãe eram ricos para ter amizade com a família da minha madrinha?

Com uma única pergunta, Toninho incita mais do que dúvida. Dia após dia, ele confisca um pouco da minha inocência.

E um dos maiores crimes contra os jovens é lhes revelar o pior lado do mundo muito cedo.

A questão não é apenas minha mãe ter sido empregada doméstica, mas o jeito como Toninho diz, sem dizer, que não há amizade entre pobres e ricos. E ainda: ele devassa para mim a classe social à qual realmente pertenço.

Enfim, descubro, minha mãe não me conta tudo.

A madrinha do Toninho morava em uma casa com piscina, que eu contornava pé ante pé, no meio da tarde, a caminho da sala de visitas, onde minha mãe sentava-se imponente e contava por horas a fio o progresso do meu pai no banco. A madrinha do Toninho — que se chamava Claudia e de quem conservo na memória somente o cabelo louro penteado como uma redoma sobre a cabeça — ouvia tudo com grande atenção e se mostrava satisfeita com as vitórias dos meus pais. Após algum tempo de conversa, seguíamos as três para a copa (eu achava muito chique ter uma casa com copa), onde tomávamos um lanche farto, com coisas gostosas, sempre muito recheadas, servidas em louças pintadas que, segundo eu receava, poderiam se quebrar com um simples espirro (no caso, meu). Com extremo cuidado e me contendo para não sujar a toalha ou as mãos, eu comia movida por um afã irrefreável. Em seguida, pedia licença para ir ao banheiro.

Geralmente após o lanche, minha mãe seguia para a sala de música em companhia do Luís Adolfo, filho mais velho de dona

Claudia. Com certa fatuidade, ela lhe pedia para tocar uma canção ao piano, e ele, educado, com o cachimbo no canto da boca, fazia soar meia dúzia de acordes, aos quais minha mãe, com as mãos cruzadas sobre os joelhos e o rosto enlevado, parecia fazer uma reverência, mas na verdade era um tipo de fingimento, demonstração de um padrão cultural que ela não possuía. Mas o show não durava sequer um minuto.

Logo após o último acorde, Luís Adolfo me ajeitava no banquinho redondo do piano, que ele fazia girar seguidas vezes, até eu ficar tonta e morrer de rir. Esse momento coincidia com a hora de ir embora.

Como em todos os fluxos de pensamento e nas memórias mais remotas, há sempre um corte na ação, e subitamente me vejo dentro do carro, ao lado da minha mãe, enquanto ela dá marcha a ré na garagem da casa. Quando já estamos com o Fusca na rua, lanço um último aceno para a dona Claudia e o Luís Adolfo, ela com a cabeleira loira, ele com o cachimbo na mesma mão que utiliza para responder ao meu aceno. Luís Adolfo possuía os dentes amarelos e um cheiro insuportável na boca, mas eu gostava dele mesmo assim.

Mamãe foi empregada doméstica na casa deles. Era costume dar o filho para o patrão batizar. Toninho conclui a frase e cruza os braços sobre a mesa, esperando minha reação como quem aguarda um licor digestivo.

Nesse único instante, após as palavras do meu irmão, as lembranças que tenho comigo dessas tardes da infância são contaminadas por uma espécie de água suja, que marca meu corpo com nódoas, nódoas que agora julgo visíveis a quem me observe. A meu ver, esse passado oculto representa uma traição dos meus pais, pois até este miserável momento eu sentia uma genuína satisfação pela minha posição social. Uma honra falsa e que me expõe a mim mesma, a um só tempo, como crédula e desfavorecida.

Qual não é minha reação?

Começo a rir com eles, à mesa, tentando dirigir o demérito tão somente à minha mãe.

2019

Hoje, ao andar pela rua, tenho gana de furar uma bola. Uma bola de futebol que desliza do muro de uma casa e assenta--se quase aos meus pés, no canteiro rente à calçada.

Deixo a bola pra trás e prossigo. Nunca fui capaz de furar uma bola ou chutar um cachorro. Enquanto caminho, abano a cabeça. Não serei essa velha miserável.

Ao voltar para casa, encontro Gaspar dormindo no tapete da sala. Me demoro ao seu lado para usufruir ao máximo essa paz. Lembro-me de quando ele era muito pequeno, ainda filhote, e o levei para passear no parque público do bairro.

Fazia um tempo fresco e logo chegamos ao longo trecho de grama onde eu gostava de me exercitar, um lugar especial, com poucas pessoas, mas que não chegava a ser ermo ou melancólico, um trecho plano, próximo ao lago, com o solo macio, mas sem lama. Ali soltei Gaspar da coleira e, a princípio, ele não compreendeu a felicidade que aquele gesto prenunciava.

Olhou-me como se me perguntasse alguma coisa. Depois, contemplou o horizonte num relance e, como se o vento lhe trouxesse notícias, cheirou o ar, já com o peito em avanço, mas com as patas ainda para trás, fincadas no chão. De repente, disparou a correr, primeiro avante, dispondo de todos os seus músculos, juntando as patas dianteiras às traseiras para tomar novo impulso a cada vez; depois em círculos, à minha volta, afastando-se e voltando para mim. Uma de suas orelhas tombou de lado, a língua pendeu pra fora da boca. Parecia que seu coração não comportaria tudo aquilo: a grama sob as patas, a imensidão do vento, a extensão da terra. Subitamente, interrompeu os círculos e prosseguiu em zigue-zague, com o focinho enterrado no chão. Como se houvesse um tesouro a desenterrar, teve ímpeto de cavoucar, cavoucar com vontade. Enfim, comunicava-se com o mundo de modo espetacular e substancial; suponho que naquele momento Gaspar experimentou o mesmo prazer de quando, nos tempos mais remotos das civilizações, alguém gravou palavras no barro pela primeira vez.

Mas isso não foi tudo.

Enquanto Gaspar, o futuro cão octogenário, saltitava, vencia seus primeiros obstáculos na terra — uma pedra, um graveto, uma folhada de palmeira — e, ao mesmo tempo, lançava olhares em minha direção, para averiguar se eu acompanhava seus feitos e compartilhava sua felicidade, uma bota preta, pesada, como se trouxesse uma barra de chumbo em seu interior, o atingiu com um chute na altura do fígado e o arremessou com violência dois metros adiante.

Um estrondo seco. Não durou um segundo. O cão voou no ar, atônito, sem entender o que lhe atingiu. E buscou meu olhar por um instante. No final desse instante, voltei-me na direção oposta de seu corpo baqueado no chão e encontrei um par de olhos imoderados, que não se desviaram, pelo contrário, eles me atravessaram de tal modo que fui eu quem primeiro se esquivou. Pois na verdade não se tratava dos olhos de alguém: o que vi, de fato, foi a alma de uma pessoa, que procurava corromper a minha.

Não, nada é tão cruel quanto a memória.

São Paulo, 1º de janeiro de 1989

Nestor,

Eu não dormi esta noite. Acreditei até o último minuto que você viria me buscar. Quando mudou o ano, os patrões estouraram um espumante de marca muito boa; provei um gole e senti o rosto esquentar. Depois, fui para o quarto, de onde ouvi os fogos. Na cama, rezei, fiz promessa pro ano bom. Pedi para você me perdoar.

Durante um tempo, permaneci deitada, esperançosa. Mas quando o burburinho das festas nas casas ao redor foi se apagando e uma brisa deixou o tempo mais frio, entristeci. Saí para o quintal sozinha; todos na casa já haviam se recolhido. Olhei as estrelas, imaginei você numa delas... Imaginei se porventura você também olhava o céu naquele minuto idêntico ao meu. Se esses caminhos entre as estrelas não seriam um traçado do senhor Deus... Qual deles espelha o meu até você?

Há tantos eventos grandiosos e invisíveis, não é mesmo, Nestor?

Hoje todos estávamos sentimentais, deve ser por causa do Ano-Novo. Antes do jantar, a Ângela me contou a história da vida dela.

A Ângela tinha noivo lá no interior, onde ela morava com os pais. Mas um dia a Ângela começou a engordar, engordou sem entender por que, e de repente já estava bem maior que o noivo, que era magro e não muito alto. Os dois trabalhavam numa fábrica. Depois que ela engordou, o noivo passou a insistir para eles irem para a cama, mas ela negou. A Ângela tem vinte e três anos e não conhece um homem do jeito que uma mulher casada conhece. Eles brigaram por esse motivo, mas a Ângela desconfia que o rapaz queria se aproveitar dela, porque perdeu interesse em se casar. A Ângela faz regime, mas não adianta. Eu até preparei chá emagrecedor, não funciona.

No final das contas, ela largou tudo e agora está aqui, como eu, nesta casa de família, tentando esquecer o noivo e o pastor, que a proibiu de participar do culto porque todos, inclusive as amigas, inventaram-lhe uma gravidez. Eu matutei a madrugada toda se existe justiça nesta vida.

No quintal, vi as estrelas mudarem de lugar no céu e continuei pensando na Ângela, comparando minha vida com a dela. Não cheguei a conclusão nenhuma. Depois o sereno se quedou forte e eu me recolhi. Passei horas pensando na nossa casa, Nestor.

A mãe contou que você finalmente abriu janela na cozinha, mas que as plantas já haviam morrido. E quando você vai à casa de meus pais, permanece calado, sem se mexer na cadeira, o olho deitado na xícara de café sobre a mesa.

Nestor, você continua com bigode? Eu gostava dele e de quando você vestia a calça social com aquela camisa branca que eu lhe dei, aquela de mangas curtas, e com a boina do seu pai. Gosto de muitas coisas em você, até do modo desajeitado como toma o seu neto no colo. Não tenho ciúmes mais dele, viu? A vida passa tão rápido! Você soube o que aconteceu nessa madrugada com uma embarcação no Rio de Janeiro? Naufragou, havia muitos famosos. O barco tinha nome francês, o rádio não para de noticiar. Morreu até uma atriz de novela. E agora estou me sentindo ainda mais sozinha, como se ela fosse minha parente.

Acho que vou me deitar um pouco.

Muitas saudades, daquela que te espera (ainda),
Ruth.

Tempo?

Há tamanha solidão no mundo, que podemos senti-la ao tocar a superfície de um móvel no caminho de um cômodo para o outro.

Há tamanha solidão na madeira empoeirada da escrivaninha com gavetas que primeiro abrigaram meus lápis e canetas, cadernos da escola e, depois, algum dinheiro, uma carteira da OP, uma lanterna sem pilhas, um transferidor, um compasso metálico, catálogos de cosméticos, cadernetas de endereços e telefones rasurados, e bem mais tarde essas mesmas gavetas serviram ao meu pai, dando guarda a recortes de jornais, volantes de loterias, embalagens de dropes Dulcora sabor misto, retratos 3×4 dos membros de nossa família.

Há tamanha solidão no mundo, que podemos senti-la ao tocar uma pedra ou uma peça de acabamento no interior de uma casa, como o granito amarelo que reveste a murada do corredor entre os quartos, cuja extremidade desemboca na escada de acesso ao piso térreo — anteparo sobre o qual pendurávamos as roupas que tínhamos preguiça de guardar ou, dependendo da ocasião, onde deixávamos as toalhas de banho para secar. Ou como a maçaneta de metal da porta da cozinha que minha mãe não tinha força para abrir e creditava esse problema, naquela época, antes da doença, a uma simples tendinite. Ou ainda, a maçaneta redonda com marcas de ferrugem da porta de saída para o quintal. Ou, quem sabe, ao pisar nas lajotas laranja, cujo rejunte acumulou o limo dos dias apenas para retirar nossa atenção do poço que essas mesmas lajotas escondem em suas profundezas. Ou quando se encosta no tanque de louça branca, onde persiste o cheiro de urina das fraldas da minha mãe. Ou, ainda, por último, mais à direita, quando roçamos o fio de cobre que, após tantos anos, ainda serve de fecho para a porta do banheiro de empregada. Atrás dessa porta, um fantasma solitário, porque no reino dos mortos a solidão é mais completa e sem disfarces.

Há tamanha solidão no mundo que ela se espalha em várias direções e atravessa a linha do tempo. A solidão do mundo é o tempo. Num dia remoto da minha existência, eu a vi, como a vi em muitos outros. De propósito, eu a retive no momento da partida da Ruth, para que me lembrasse sempre do que é feita a solidão e estivesse prevenida quando voltasse a encontrá-la. Também retive o momento em que o marido da Ruth veio buscá-la, com os ombros pesados. Ele tinha o dobro da idade dela e uma revolta contra a nossa família e qualquer segmento da sociedade que invadisse seu mundo, suas ideias, o pó de seus ossos. Pedi que esperasse um minuto, pois minha mãe queria dizer algumas palavras. Ele assentiu com a cabeça, sem conseguir esconder o esforço de se submeter, por alguns instantes que fosse, a uma mulher que não integrava sua vida rural. Olhei seus pés, reparei na barra da calça que lhe deixava o tornozelo branco aparente, como o de um boia-fria. Ele, compreendi nesse momento, era um homem do campo vestido para uma visita à cidade. A Ruth, que se aprumou a seu lado sem dizer nada, sem lhe abraçar de saudades, era uma menina já velha. Eu olhava os dois e pensava comigo que dali a alguns anos não haveria mais gente como eles. Com o tempo, esse raciocínio se provou inconsistente, pois a minha noção de progresso era equivocada.

Por certo, há tamanha solidão no mundo, e a minha mãe, sempre doce e otimista, não ligava de desperdiçar recomendações a um homem que batia o pé no chão enquanto ela falava. Por sua vez, meu pai não empregou tempo com as misérias alheias, permaneceu em seu quarto, sentado à escrivaninha de cinco gavetas, estudando os volantes de apostas como se fossem papéis da República. Lamentando, talvez, a paixão não correspondida pela empregada.

Mas há tamanha solidão no mundo, porque o marido da Ruth veio buscá-la e, assim que passaram pelo portão, ele já ia apressado à frente dela.

Há tamanha solidão no mundo, porque o marido da Ruth veio buscá-la e nós sabíamos que a Ângela, mais cedo ou mais tarde, seguiria o mesmo rumo ou morreria de desgosto.

Ora, há tamanha solidão no mundo, que muitos anos após ter deixado nossa casa a Ângela nos telefonou e não houve festa nem surpresa. De nossa parte, houve uma demonstração de afeto, mais por respeito do que por real emoção. Talvez porque já nos encontrássemos muito cansados da doença e, por isso mesmo, indiferentes, ou porque naquela época a Ângela já fosse uma desconhecida em nosso mundo, como um amigo de infância com o qual nos deparamos após anos de separação e percebemos não ter mais nada em comum a não ser a circunstância que um dia nos reuniu por acaso.

Há tamanha solidão no mundo, que, sem saber suportá-la, a Ângela nos convidou para assistir ao espetáculo de teatro de seu novo patrão, talvez porque quisesse mostrar que havia recuperado o interesse pelas coisas e agora tinha uma vida movimentada.

Para não decepcionar a Ângela, minha mãe respondeu que eu iria com certeza.

Há tamanha solidão no mundo para uma jovem que embarca num ônibus desconhecido no final da tarde de um sábado e desce desconfiada num bairro longínquo de São Paulo, debaixo de uma chuva fina, à procura da placa de um velho teatro.

Há tamanha solidão numa sala de espetáculos já escura após o terceiro sinal. E há tamanha solidão num auto de Páscoa, com um ator envelhecido fazendo vários papéis, cuja atuação corresponde a um acúmulo de experiências e falta de sorte. De resto, há tamanha solidão num auto de Páscoa para uma plateia de amigos, parentes e desavisados.

Por fim, há tamanha solidão quando se sai de um teatro no descampado de um bairro longínquo, após ter cumprimentado a ex-empregada, e se respira o ar fino do inverno de São Paulo.

Horas mais tarde, sua mãe lhe pergunta, sem se importar com a resposta: Como foi o passeio? Você responde de modo sumário, sem vontade de se estender. Ou melhor, você tece um comentário evasivo.

— A Ângela me contou que se trata de uma família famosa, todos artistas...

A voz da minha mãe tenta emprestar à frase uma empolgação inexistente.

— Parece que sim, ela gosta muito deles!

— A Ângela deve ser amante do velho.

A ilação veio do Toninho, que sempre teve por hábito — animado por um prazer encoberto de austeridade — falar todas as coisas que não devem ser ditas, embora verídicas.

Data indefinida

Penso no Toninho como um monstro, mas foi ele quem me alertou:

— Você está dando comida a ela muito rápido.

Minha mãe ouviu o que ele disse e, de lábios cerrados diante da colher transbordando que eu tentava lhe enfiar boca adentro, primeiro pôs-se a rir, mas depois, como se tivesse pensado melhor, seu riso se transformou numa espécie de choro, embora ela não quisesse chorar naquele momento.

Pousei a colher no prato e passei o guardanapo de papel no seu queixo, de onde escorria um pouco de comida. Em seguida, já de cabeça baixa, examinei, entre os dedos, o guardanapo com os fiapos de frango que ela não havia dado conta de engolir. Nada me mortificou como aquilo.

Experiente, Toninho detectou minha inabilidade, ou melhor, minha fraqueza, e, apesar de não poder explorá-la em seu benefício imediato, mostrou-se satisfeito por comprovar para si mesmo como os instintos de sobrevivência subjugam facilmente um valor humanitário.

Todavia, Toninho soube resolver a questão. Propôs alterar a norma da janta a partir daquele dia, de modo que passei a fazer as refeições antes da minha mãe, como os garçons que se alimentam nos minutos precedentes à abertura do salão. Naturalmente, a tarefa de alimentar minha mãe, na falta da enfermeira ou nos momentos mais graves de surto (ou quando ambas as coisas ocorriam ao mesmo tempo), continuou em minhas mãos, uma vez que eu era mulher.

Ser mulher, ainda mais àquela altura e naquelas circunstâncias, me revoltava.

A percepção de ser mulher é algo apreendido aos poucos, ainda assim de maneira ininterrupta e desconcertante. Feministas já disseram isso. Mas há coisas que não adianta ler nos livros.

Então você acumula episódios que a tornam mulher. Eu seria capaz de enumerar cada um deles. Mas não. Quero reconstituir apenas um. Um episódio dos tempos da Bete.

Quando a Bete começou a trabalhar em casa, eu já cursava o segundo ano de comunicação numa faculdade de segunda linha, enquanto trabalhava num banco como escriturária, seguindo mais ou menos os passos do meu pai. Não supunha, de modo algum, que teria chances de ingressar no mercado publicitário. Mesmo assim decidira concluir o curso.

Em casa, ninguém mais soube da Ângela nem da Ruth. Ficamos brutos com relação às empregadas e nosso envolvimento pessoal com elas havia diminuído sensivelmente. Eu quase já não passava tempo nenhum com meus pais.

Apesar de não vivenciar o cotidiano da família, ainda me surpreendia com os infortúnios trazidos pela doença e o modo como reagíamos a cada um deles.

Desde seu primeiro dia de trabalho, eu sabia que a Bete nos traria problemas. Mas eu estava errada.

Início dos anos 1990

A Bete tem vinte e dois anos, cabelo castanho e pele morena. Porém, dizer isso é o mesmo que dizer nada. O que estou tentando dizer: a Bete, ela toda é um funk inteiro.

De todas as empregadas que passaram pela nossa casa, ela é a única com chances de largar o emprego doméstico antes de atingir a meia-idade. Bete tem um brilhantismo próprio, uma determinação que ninguém consegue deter.

Por conta dessa sua força, meus pais aconselharam a Bete a voltar a estudar.

Com energia de sobra, depois de cozinhar, limpar, arrumar, lavar e passar, todas as noites Bete segue para o colégio estadual do bairro, o mesmo que a Ruth frequentou. Vai bem nos estudos, junta dinheiro e toma instruções com a minha mãe de como tratar a pele, o cabelo e como se vestir melhor, apesar dos seus poucos recursos.

Hoje é sábado, sua folga. Ela acaba de soltar os bobes do cabelo e está mais bonita que nunca. De repente, Toninho nota sua presença, como se nunca a tivesse visto na cozinha ou lavando o banheiro. E naquele seu tom de quem domina o mundo, deixa escapar um pensamento: Estudar é bobagem, Bete. Em seguida, enfatiza: Posso facilmente lhe arranjar um emprego de vendedora numa concessionária de automóveis.

A princípio, minha mãe desconfia, mas depois, vendo a felicidade da Bete, promete ajudá-la a costurar um vestido bem vamp para a entrevista. A Bete toma gosto pela ideia e volta da folga com uns óculos espelhados que comprou no camelô.

De repente, em casa, vejo todos animados com a possível entrevista da Bete na loja de automóveis. Estão alegres como se não fôssemos perdê-la. Não sei bem por que, mas fico de mau humor.

Uma greve de transportes me pega desprevenida e volto do ponto de ônibus para casa antes das sete da manhã.

Entro em silêncio para não acordar ninguém. Subo a escada, planejando dormir mais um pouco.

Por conta do frio matutino, resolvo apanhar uma coberta no armário do outro quarto. Não preciso acender a luz para abrir o maleiro, tampouco para ver a Bete na cama com o Toninho, que está noivo de uma moça à qual ele próprio deu o apelido de Jaburuzinho.

Pouco tempo depois

Toninho caiu de cama por conta de uma hepatite persistente. Agora cumpre um repouso prolongado e penoso. Pela primeira vez identifico pavor em seus olhos.

Dia a dia, ele emagrece e sua pele ganha uma coloração amarela. Seu fígado está aumentado.

Hoje, em especial, volta sugestionado do médico e se coloca de cama de um jeito definitivo. Fala em Deus.

Mais uma vez alguma coisa grave está acontecendo em nossa casa.

Passa um mês inteiro. Toninho não tira o pijama; durante o dia toma um chá malcheiroso e à noite ouve, assombrado, a notícia sobre a posse do novo presidente do Brasil, que no dia seguinte, depois de assumir o cargo, confisca o dinheiro das contas correntes e da poupança do meu pai e de quase todas as pessoas que possuem economias aplicadas. Até mesmo no overnight.

Não sei se o japonês do Landau foi prejudicado, pois uma pequena parte da população foi avisada na véspera do anúncio e retirou todo o dinheiro do banco, trocando-o por notas de dólar. Na manhã seguinte ao confisco, o dólar disparou e essas pessoas adquiriram imóveis por preços baixíssimos.

Em casa, não se fala de outra coisa: meu pai não faz ideia de como pagará as empregadas no fim do mês, ele depende do dinheiro da aplicação para completar as despesas.

Mas o governo diz: para o bem da nação, todos devem se sacrificar.

De modo geral, há uma corrida interminável aos bancos, todas as pessoas querem preservar pelo menos os cinquenta mil cruzados novos que o governo lhes deixou, com medo de novo confisco.

Entretanto, existe algo muito mais grave preocupando Toninho e meu pai. Os dois trocam confidências num tom inaudível e se calam quando me aproximo. Meu irmão evita os telefonemas do Jaburuzinho.

Bete também emagreceu e ganhou um aspecto desbotado. Ela ri menos e briga mais. Continua cozinhando, lavando, passando e cuidando da minha mãe quando necessário. Mas meu pai deixou de comer sua comida. Eu e minha mãe somos as únicas que continuam comendo as refeições que a Bete prepara, porque não sabemos de nada.

Asseguro-me. Essa é uma memória um pouco mais antiga, anterior à outra memória de antes. O dinheiro da poupança ainda não havia sido confiscado, aquele que faria isso, na época desta lembrança, estava na boca das urnas, em santinhos espalhados pelo chão, com o topete engomado e uma porção de dentes brancos perfeitamente alinhados na boca.

1989

Às vezes passo algumas horas com a família da Clara, para matar o tempo. A casa deles é a única, na rua onde moramos, do mesmo tamanho da minha. A única que frequento. Nunca entrei na casa do japonês do Landau; ninguém nunca entrou.

Atravesso a rua, me aproximo do portão baixo, mas não preciso tocar a campainha; nesse dia a porta está aberta. Ponho os pés sobre o velhíssimo tapete persa estendido na sala e ouço a pergunta: "Votou certo?".

A família da Clara está no sofá acompanhando a boca de urna, que acaba de ser divulgada. Há um clima animado e ao mesmo tempo beligerante. Respondo que sim, claro, evidente. Minha voz sai mais alta que de costume. Quase um brado. Em parte, porque quero me enturmar. Em parte, porque tenho medo. Ainda assim, não gosto da minha reação. E já começo a me arrepender de ter votado no candidato deles.

Na casa da Clara não há doença; há um bêbado, uma beata e três filhos: um médico, um engenheiro e a caçula, minha amiga. Há uma avó, tolerada por ser a dona do imóvel. Há também uma mulher negra que faz o grosso da faxina uma vez por semana.

Reparo: os tacos da sala começam a soltar debaixo do tapete, assim como os da minha casa. O quintal deles é de cimento e, por muito tempo, minha mãe se gabou de que o nosso tem lajotas. A avó, dona da casa, dorme na edícula. E meus pais, por mais errados que sejam, acham isso um absurdo.

Hoje parece Copa do Mundo. Um casco de cerveja repousa na mesinha ao lado do sofá. Foi meu primeiro voto. Para quase todos eles, foi a primeira vez após um longo tempo, um tempo que muitos escolheram e apoiaram. E agora eles sorriem. Calçam chinelos.

Chega outro casco marrom de cerveja, cheio. Entornam o líquido nos copos. Parece Copa do Mundo. Votou certo?

Justo ela, a dona da casa, a beata, quase sempre calada, uma mulher estudada — segundo minha mãe, porque se formou normalista —, justo ela é que imposta a voz e pergunta mais uma vez: Votou certo?

Levou um tempo até eu descobrir que a depressão do Toninho tinha a ver com a espera pelo resultado do exame. Quando o *western blot* deu negativo, tudo voltou aos eixos. Toninho saiu da cama e meu pai recuperou o apetite. A Bete foi embora para cuidar do ex-namorado, que estava muito doente. Afinal, ela era a única mulher que restava na vida dele. E mulheres cuidam dos homens quando eles adoecem, segundo as regras do mundo. Daquele mundo.

Assim, Toninho correu a definir uma data para se juntar ao Jaburuzinho. E eu, como filha mulher, continuaria responsável, para todo o sempre, pelo conteúdo da comadre quando meu pai não tivesse mais dinheiro para pagar uma empregada.

Início dos anos 1990

Após o almoço, Bete veste sua melhor roupa, apanha a alça da mala e, debaixo do braço esquerdo, ajeita um caderno, dizendo, ao sair, que voltaria a estudar.

É claro que ela faz isso para ser notada e deixar a impressão de que está indo embora por cima. Reservou para hoje um batom especialmente forte e um salto mais alto que o habitual. De fato, lembra a mesma Bete de antes, a não ser pela cor da pele, que continua desbotada.

A porta se fecha e não há despedidas. Ouço seus passos na calçada de lajota laranja. Não demora, minha mãe, que há algum tempo respira de boca aberta e fala com certa dificuldade, encontra forças para comentar: Eu acho que a Bete tá com aids.

Eu fico temerosa e finalmente compreendo por que Toninho e meu pai não comiam a comida dela. As informações são desencontradas, há muita gente afirmando que a doença é contagiosa. Muitos, inclusive na nossa rua, têm certeza de que a doença da minha mãe também é transmissível pela saliva ou pelo toque.

Anos 2000

Grande parte daquilo que me formou não existe mais. Ou desaparecerá em breve. Eu deveria agradecer por isso, pois aquele mundo era um embuste, embora tivesse sua beleza, como todas as épocas a têm.

Aquele mundo me fez crer que a bossa nova e a tropicália representavam o país onde por acaso nasci. Naquele mundo, minha vista abarcava a Zona Sul do Rio de Janeiro pela televisão. Pois no outro canal, o dos pobres, que meu pai nos proibia de assistir, o Brasil era um estúdio de tevê. Segundo meu pai, nesse outro canal, havia um homem que humilhava os miseráveis, dando-lhes dinheiro de modo sarcástico. Mas o Brasil ou era a Zona Sul do Rio ou o auditório do estúdio de tevê lotado de empregadas domésticas e donas de casa que chegavam em caravanas do interior gritando que queriam dinheiro. Ou a minha rua, onde havia sobrados maiores que o meu, com dois carros na garagem e uma mulher negra limpando as janelas. Ou a minha escola, onde centenas de crianças faziam fila para cantar o hino nacional antes de seguir para a sala de aula. De tudo aquilo que me formou, houve também o que não me formou de jeito algum, como a primeira comunhão na igreja do bairro, cujo ritual de catecismo minha mãe me forçou a cumprir ao longo de um ano. De tudo isso, o que resta?

Resta a foto de uma menina sonolenta com vela na mão e fita branca no cabelo, que não reconheço. Resta a lembrança da tela quadrada da televisão de tubo exibindo o papa-móvel e um homem velho, branco e paramentado beijando o chão toda vez que saía do avião. Milhões para vê-lo. Lotou um estádio de futebol. Meus pais assistiam àquilo na falta de algo melhor. Mas as questões, as grandes questões, não se colocavam em debate; pelo menos não para a grande massa da população. A não ser os monólogos. E o *evangelium vitae* contra o aborto — porque papas não são mamas.

Por um longo tempo, houve também um Nordeste que ficava em outra terra. Longe daqui. Uma terra muito pobre que nós sustentávamos. Toninho argumentava comigo que, se o Sudeste se separasse do restante do país, nós seríamos ricos como os europeus. Então eu perguntava: E por que não nos separamos? Ele ria com gosto e respondia com outra pergunta: Você ia gostar? O Nordeste ficaria pobre como a África. E, eu, ainda criança, meio sem graça, mas sem deixar de sorrir, dizia que sim, que eu não me importava. E era como se Toninho houvesse acabado de comer um prato de feijoada e tivesse se recostado numa cadeira confortável, pleno de satisfação.

Por um longo tempo, houve um véu que nos cobria a vista e nos conferia bem-estar.

Então, agora há mais realidade do que podemos suportar.

Pela primeira vez, penso em Nilcélia de um jeito diferente.

Eu ouvia Amado Batista, Reginaldo Rossi e Odair José. E ouvia a sua voz, menina besta, sua voz insuportável me dando ordens e me julgando tão mal. Não precisa de muito para alguém como eu revelar o ódio a alguém da sua classe. Eu sequer entendia o que era a Zona Sul do Rio. Se havia país. Se havia o estrangeiro. O estrangeiro seriam léguas de estrada e seca, e depois o mandacaru e a noite preta e uma estrada reta, depois, muito depois, outras casinhas e povoados e gentes de todo tipo, e bem depois o mar e uma rua, uma rua onde houvesse um bazar com vestidos rosa, amarelos, laranja, vermelhos, todos de cetim, e mais além uma cruz no meio da praça; logo adiante, uma fazenda, um rio, e o mar, outro mar, e outro mar. Depois, eu digo, o estrangeiro poderia ser Salvador, Rio Vermelho.

Vocês, todos vocês, não agiram certo.

Eu digo fiquem com seus papas, pois sempre tive meu santinho santo Antônio pra bençoar. Mas agora o meu menino, que Deus o proteja depois da bariátrica, deve tudo ao pastor.

De começo, por causa das ideias que ganhei no sindicato e

nos estudos, não dei atenção ao pastor, mas ele segurou a mão do meu menino quando tudo ruiu. Não vou na assembleia, não vou. Nem no culto. Mas não vejo mal no caso do menino contribuir. Meu santinho santo Antônio bençoa lá de cima, eu sei. Antes da assembleia, era vazio e poeira. E trabalho de moto do meu menino e cerveja na mesa de lata. O corpo do meu menino deformando, estragado. Cerveja na mesa de lata. E tem também o meu netinho que eu levei pra santinho santo Antônio bençoar. Meu netinho vai estudar até o fim. Prometi a mim mesma. Vai ter consultório. Mas antes, antes da assembleia aqui no Paripe, tudo era vácuo.

Quem primeiro trouxe a assembleia foi o João Nonato, depois o Kleber. E ficou. Culto pra tirar o diabo, pra tirar o diabo da bebida e até do câncer. Eu não tinha fé em culto, mas foi o último recurso. A assembleia deu emprego pra dona Promissora limpar o salão. Teve o Jovino, com aula de música. Teve ajuda pra subir a casa do Maicon. Tudo isso é bem-vindo e é de Deus, da assembleia. Menos o Kleber no microfone falando mal do meu santinho, dos sindicatos. Tenho-lhe ódio mortal. Mas passa. Às vezes passa. Porém, há um porém: o ódio da menina besta de treze anos, esse ódio não passa.

Há sempre um desinteresse que se segue ao pesar.

Na época da Bete, eu já não me importava com a doença, embora esperasse ansiosamente por seu desenlace. Também as empregadas e suas estrepolias não me amarguravam mais. Do mesmo modo, a influência do Toninho não me alcançava com a mesma intensidade de antes, assim como suas ofensas, muito embora ainda não tivesse ocorrido o episódio que envolveu a mim e a tantos outros, como o Djalma-das-mesas-de-bilhar. Porém, de todas as aflições que me moveram durante tanto tempo e inquietaram meu pensamento quase sempre tão precário, a última a ser abandonada foi a obsessão por me casar.

Meados dos anos 1990

E o Washington, o fazedor de layouts, encontra o Alencar na seção de detetives do jornal.

Aproveito a hora do almoço, com a agência vazia, para telefonar.

O Alencar tem uma brecha na agenda. Invento uma desculpa para o chefe e saio esbaforida.

Durante o caminho até seu escritório, imagino o submundo que me aguarda. Mas o Alencar me atende às claras, numa sala ampla, arejada, com vista para um céu límpido e seguro.

Tudo soa bastante profissional. A empresa tem outros funcionários. Naquele momento, pelo menos cinco pessoas trabalham no computador. Alencar tem uma sala só dele e está sentado numa poltrona nova em folha. Ele se recosta nela e fala com tranquilidade:

"As pessoas já sabem a resposta do que procuram, já sabem antes mesmo da investigação. A senhora não quer reservar o dinheiro para uma finalidade mais alegre, uma viagem, por exemplo?"

Ao ouvir o comentário, relaxo e imediatamente paro de falar com a voz entrecortada e quase sumida — resquício do jeito do meu pai que detesto.

"Não, seu Alencar, eu quero pagar pra ver."

Ele concorda como se se deparasse com uma situação sem lógica alguma, embora corriqueira.

"A senhora precisa de documentação? Não? Muito bem, me passe os dados."

"Uma dúvida: ele pode perceber que está sendo seguido?"

"Não, quando alguém trai, faz com tanta volúpia que se descuida dessas questões. Sobretudo quando a traição é com alguém do mesmo sexo."

Pago cinquenta por cento antes.

A investigação dura quarenta e oito horas e termina quando um garoto de programa entra no carro do Lucas atrás do parque Trianon, em São Paulo.

Sem demora, o Alencar recebe o dinheiro e mais um bônus. E eu embarco numa pequena viagem para Fortaleza. Vou atrás do Nordeste, mas não do Nordeste das empregadas lá de casa.

Hospedo-me num hotel de frente para o mar. Este será o primeiro de uma série de hotéis. Sem companhia.

Não tenho pena de mim, de modo algum. Penso nas meninas na praia em frente ao hotel. Elas devem ter treze anos, mais ou menos a mesma idade que eu quando minha mãe adoeceu. Começam o expediente ali no Meireles e seguem até a ponta da praia.

A qualquer hora do dia, vejo algumas delas no elevador do hotel, acompanhadas de homens muito mais velhos, homens com camisas estampadas, charutos estrangeiros entre os dedos e chapéu australiano recobrindo a cabeça vermelha de sol.

O hotel tem uma cascata na entrada, um estranho aquário

na recepção e espelhos gigantescos por todos os lados. Lembra um shopping center de veraneio, embora com pessoas vestidas como se fossem da máfia.

Eu, que nunca tinha saído do sobrado da Aclimação, me pergunto: Então isso é a vida?

Vou para as dunas. No começo parecem um montículo de areia, mas depois crescem e me envolvem. Sinto um tolo prazer nas manobras executadas pelo motorista do buggy, mas isso dura só o tempo de o estômago colar no teto do corpo e se desgrudar de repente. Nesse instante, só por esse instante, esqueço tudo, esqueço do garoto de programa no carro do Lucas no escuro da noite.

Mas o buggy me devolve ao hotel, já é noite outra vez e peço o jantar no quarto.

Na televisão, nada me interessa. Não penso em telefonar para casa, não quero notícias da doença da minha mãe nem de quem eu sou.

Apago a luz, deito-me com algum receio. É minha primeira vez sozinha longe de casa. Puxo o lençol até o pescoço, fecho os olhos e rememoro cada partícula do passado, como se pudesse encontrar um sinal, uma pista, mínima que seja, numa fala ou mesmo num gesto do Lucas. Um movimento que ele repetisse quando estava comigo na cama, por exemplo. Então estou louca.

Os anos em quartos de hotel foram anos tardios, que só têm rareado agora, com a velhice de Gaspar.

Tempo

Devo avaliar as coisas que aconteceram ou as coisas que pensei sobre o que aconteceu?

Somente após formular a pergunta, a resposta torna-se óbvia.

Por muito tempo andei à toa.

Me dei conta de que estava desperdiçando tempo quando uma amiga me contou sobre seu projeto de mestrado em antropologia: a precarização da mulher numa igreja brasileira instalada na África do Sul.

Notificações no celular me alegram. Entrega de comida, movimentação bancária, boletim do tempo, oferta de vinho, despertador, alerta fitness, controle de calorias. Parabenizações automáticas pelo meu aniversário. Na infância, esperava as respostas aos cartões de Natal enviados aos amigos. Lia cada resposta com ansiedade. Não sei quem me disse, ou melhor, qual adulto foi capaz de me dizer que eu deveria parar com aquele negócio de enviar cartões; nem todos os pais tinham dinheiro para comprar um cartão, um cartão para que o filho me respondesse. No ano seguinte, reduzi o número de envios. As respostas, por sua vez, também diminuíram. No outro ano, enviei cartões a apenas dois ou três amigos. Eles me responderam, como sempre. Houve um ano em que não enviei cartões. Também não os recebi. Nunca mais recebi cartões de Natal. Adotei o mesmo procedimento com e-mails, mensagens, telefonemas. As pessoas entram e saem da nossa vida e não temos acesso às suas memórias: se estamos nelas como um ser íntegro ou tão somente como um borrão. Ou nem isso.

Recordações de um livro, do tempo em que os lia: um homem se lembra das mulheres com quem viveu. Cada lembrança emoldurada por um recorte de tempo em determinado espaço. Por exemplo: "Uma tarde com a Inés em La Plata, os dois sentados ao pé da catedral". Seria possível a uma mulher se lembrar assim de seus homens? Com essa doçura, essa tranquilidade?

Eu me lembro do Lucas gozando dentro de mim num momento em que eu lhe disse não — eu não posso engravidar. Eu estava sentindo um prazer delicioso até então, e foi a primeira vez que vi com nitidez uma alegria raivosa despontar em seu rosto, como a me dar lições.

A gente vai ficando assim.

Quando a morte da minha mãe finalmente ocorreu, eu não a desejava mais. Pelo menos não com tanta veemência.

Uma semana antes de sua morte, cientistas dos Estados Unidos e da Grã-Bretanha anunciaram o primeiro rascunho da sequência completa do genoma humano. Essa descoberta ampliou as esperanças de doentes e suas famílias. Doenças autoimunes, quem sabe, dali a algum tempo poderiam ser identificadas antes que se abatessem sobre nós. E outras maravilhas também aconteceriam. Contudo, minha mãe não viveria o suficiente para aproveitar esse feito.

Àquela altura, meados de 2000, sua respiração andava ofegante e ela se queixava de um "cinturão" amarrado à sua barriga. Creio que os médicos já sabiam do que se tratava, mas não fizeram nada. Talvez quisessem aliviar seu sofrimento e o nosso.

Minha mãe falava, comia, assistia televisão, fazia suas necessidades, mas estava cansada. Dezessete anos cansam. Não havia sexo. Não havia passeios. Havia uma sequência de remédios, uma sequência de rituais para evacuar e urinar e adormecer e acordar. Havia um aparelho de televisão à sua frente, ligado a maior parte do dia em programas para mulheres e, à noite, em novela, jornal e novela. Minha mãe vivia um eterno presente, assim como o cão octogenário, com a diferença de que ela tinha consciência disso. Ao mesmo tempo, não havia marido nem filhos nem família, embora todos ou morassem ali ou frequentassem a casa. Havia, sim, uma sucessão de empregadas cujas preocupações e assuntos não interessavam à doente. Então todo mundo foi deixando acontecer, mas sem esperanças de que aquilo, a morte, realmente acontecesse.

Enfim, no dia 5 de julho de 2000, aconteceu. Ela engasgou, engasgou gravemente, uma puxada de ar, de um ar que não veio. Alguém chamou a ambulância. Deve ter sido meu pai.

Logo depois, no hospital, minha mãe foi ressuscitada, entubada e ganhou um marca-passo. Meu pai e meu irmão só conseguiram me explicar essas coisas ao longo de uma semana, entre visitas restritas à UTI e notícias nebulosas.

Após quinze dias, minha mãe teve sua segunda e definitiva morte.

Quando soube do ocorrido, meu pai molhou a calça e eu o recriminei por isso. Não entendi sua fraqueza diante de um momento que todos devíamos comemorar, claro, mantendo o respeito. Não imaginava que ele estava com problemas na próstata.

2000-2004

Após o enterro, mandamos embora a cuidadora da minha mãe. Pagamos seus direitos e acrescentamos uma pequena indenização — um prêmio por ela ter visto a morte tão de perto e não ter saído correndo.

Enquanto ela retira suas coisas do armário, dou uma boa espiada no que sobrou do quartinho de empregada, como se me despedisse de uma era. Olho tudo pelo lado de fora da janela, sem entrar no cômodo. Faz tempo que não me aproximo desse lugar.

De modo inexplicável, sinto saudades dos primeiros tempos da doença, quando, apesar do nosso despreparo e do nosso desespero, ainda havia um tanto de amor. Depois, foi como se ainda vivos meus pais deixassem de existir para mim.

Observo as paredes, que refletem os últimos anos da doença: a aproximação do fim da poupança, o desalento e a espera (já sem fé) por uma solução que viesse pelas mãos do destino.

A solução veio; digo, a morte. Tento comemorar um possível renascimento (meu, da casa, da família), como se a vida após a morte da minha mãe pudesse ser a vida de antes da doença. Mas não é.

Mando pintar alguns cômodos, trocar o piso, apagar a lembrança da doença. Tento devolver o aspecto de sala ao que foi o quarto da minha mãe por dezessete anos. Não adianta. Impossível dissipar as imagens. Contribui para isso a teimosia do meu pai em manter o lustre amarelo pendurado no centro da sala. Talvez, se um caminhão, um trator passasse por cima da casa, levando ao chão todos os seus tijolos e o sussurro de suas paredes, talvez assim o desgosto dessas lembranças fosse aniquilado. Mas não.

Passam-se alguns meses e meu pai demite a empregada.

Antes que eu me torne sua faxineira, cozinheira e enfermeira, mudo para este apartamento. No final das contas, meu pai não precisa de quase nada: eu lhe arrumo uma faxineira e ele volta a dançar nos bailes da terceira idade.

Algumas coisas mudam, outras não.

Finalmente tenho acesso à conta do meu pai e posso conferir o saldo da poupança: muito menos do que imaginei. Compreendo agora que nunca houve muito dinheiro, meu pai administrou tudo de modo exemplar, sem permitir que faltasse comida, roupa, o mínimo de conforto para todos nós.

Quando o visito, no sobrado, meu pai me conta sobre a vida de Toninho, a falta de sexo entre ele e a esposa. Toninho se masturba à noite, ao lado dela na cama, para que ela se sinta acuada, para que essa violência (ele não usa essa palavra) evidencie a incapacidade dela de ser mulher.

É lógico que as ideias de Toninho me agridem. Mas hoje

ele é para mim um personagem distante. Ainda assim, eu gostaria de entender o que está contido no silêncio do meu pai ao terminar seu relato sobre o filho.

1994?

Não sei quando isso aconteceu, mas a partir de determinado dia resolvi que nunca mais despejaríamos as coisas das empregadas na rua. Falei isso ao meu pai e ele aprovou. Toninho não morava mais conosco.

Dezembro de 2019

Hoje é minha primeira consulta no psiquiatra.

Caminho por uma rua arborizada no bairro do Paraíso. Um pouco antes da curva, em meio a residências bem conservadas, avisto o predinho sujo da clínica. O lugar tem aspecto de repartição pública e contrasta com o restante das casas vizinhas. Na esquina, um edifício em construção, com uma betoneira junto à calçada. A dez passos dali, uma barraca de moradores de rua, cobertores dobrados.

Entro no prédio.

Demoro alguns minutos até compreender como funciona a estrutura de atendimento: distribuição de senhas, checagem de documentos, mudança de recintos e uma longa fila de espera. Tudo isso descubro aos poucos, imitando o movimento dos que parecem frequentar o lugar há mais tempo.

Na recepção, cadeiras dispostas como num auditório, com a diferença de que não há nenhum palco, apenas uma parede cinzenta com um painel eletrônico no meio.

Sento-me em uma das últimas fileiras e faço como todos

em volta: alterno entre olhar o painel — onde pipoca vez por outra um número diferente, indicando senha e número da mesa de atendimento — e o celular.

Nesse ambiente, espero encontrar pessoas com surtos psicóticos ou esquizofrênicos. Nada disso. Há gente de todas as idades; parecem calmas e controladas, talvez em busca da mesma coisa que eu: algo que as tire da aflição de viver.

Após completar o primeiro ciclo de espera, cerca de trinta minutos, estou apta a mudar de sala e começar nova espera, agora diante de seis portas de madeira que encerram os consultórios.

Após o segundo ciclo de espera, isto é, duas horas depois da minha chegada à clínica, já me sinto bastante humilhada e dependente dos procedimentos de saúde que alguém atrás da porta de madeira irá me indicar. Sinto-me como se estivesse na agência de empregos da Nalva.

Chamam meu nome.

No corredor, tudo o que vejo é a porta entreaberta.

Entro. Me sinto por baixo. E a sensação se confirma, porque ninguém me estende a mão sequer para a formalidade de um cumprimento. Atrás da mesa, um homem de meia-idade, mal-humorado, de óculos e cavanhaque cheio. Olhos fixos no computador. O complicado é que ele cheira a bebida. Mas não tenho certeza. O que importa é que lhe conto toda a verdade, afinal eu já tinha esperado tempo demais: ouço uma versão fraca da minha voz dizer que estou perdendo a memória, sofrendo de insônia entre três e cinco da manhã, com um medo terrível de desenvolver a doença da minha mãe; também ouço essa mesma voz débil e quase rouca dizer sobre as quatro vezes que cheguei de ambulância a um hospital, com algum sintoma grave, taquicardia, falta de ar, e sobre a vertigem diante de pensamentos provocados pelas regiões mais obscuras da minha mente. Tudo isso e o desmaio que me acomete após situações extremas.

A consulta dura menos de dez minutos e o homem escreve no prontuário que eu pertenço a uma estatística: síndrome do pânico. Nada que me dê exclusividade ou importância, embora eu apresente uma compulsiva predisposição para inventar histórias ruins, inclusive a de estar perdendo a memória.

Saio dali com uma receita contendo dois medicamentos. Um deles para dar bom-dia às flores, o outro para dormir sem interrupções.

Data?

A química funciona, por mais que eu desconfie dela, de mim e sobretudo do médico alcoólatra.

Volto à clínica de paredes cinzentas algumas vezes. Em algum momento, peço para reduzir a dose do sonífero. Sem discutir, o médico atende meu pedido.

Uso o medicamento por mais cinco meses. Somente depois, descubro que o laboratório recomenda tratamentos de no máximo três semanas. Após esse período, há risco de dependência, perda de memória e outras desordens.

Bem, de tudo fica um pouco, eu acho. Do medo, do vício, dos lapsos. E da voz jactante do psiquiatra, que tenta me explicar, enquanto preenche as vias no computador, explicando sem que eu peça: o quanto tinha sido importante tirar a presidente do cargo, ter levado adiante a reforma da Previdência, pois todo brasileiro deveria ter uma poupança para a aposentadoria; ele, por exemplo, que era um sujeito organizado, tinha uma previdência privada; e o quanto tinha sido excelente a venda das refinarias de petróleo, pois era preciso reconstruir nosso país — um país vítima do maior esquema de corrupção de todos os tempos.

2020

Digo à nova médica, uma profissional que conversa por uma hora com seus pacientes e pretende me "deixar limpa": "Doutora, minha memória ficou lerda, como se eu tivesse que alçar as lembranças de dentro de um poço". Ela me olha com espanto e preocupação, mas logo volta a sorrir. Ela tem trinta anos e deseja ser mãe. Penso em tudo isso num flash. Às vezes, enquanto estou com ela, lembro do quarto de empregada, das lascas de tinta no parapeito.

Volto a brincar com a médica: "Doutora, desse jeito me assemelho a uma biblioteca de portas fechadas". Ela para de escrever e me olha como se eu fosse uma extraterrestre. Prossigo: "*Venerável e calma, com todos os seus tesouros seguramente trancados em seu íntimo*". Ela gosta da comparação, comenta que sou muito diferente da maioria de seus pacientes e emenda: "Você não deve ser uma redatora tão medíocre como acredita".

Ao ouvir essa frase, meu cérebro faz centenas de conexões, não consigo apreender o caminho de uma ideia à outra. O fato é que me pego pensando numa conversa esquisita entre meu pai e meu primo, quando éramos crianças. Meu pai dizia ao garoto que era bom a irmã dele, irmã desse meu primo, ter herdado toda a beleza da família, porque um homem não precisa... até melhor não ter beleza.

Além da derrota que essas palavras significaram para mim, que nunca fui bonita, havia o desapontamento na face do meu primo, que, embora tivesse apenas cinco ou seis anos na época, ali compreendeu que era feio, mas que era homem. E que não poderia ser bonito, pois com esse atributo se assemelharia a uma mulher, o que não era bom. Essa foi uma lição sobre corrupção.

Penso em tudo isso porque os elogios ao meu trabalho nunca superam meu complexo de ter um rosto e um corpo mais ou menos. De não ter cabelo liso e loiro, conforme os homens da minha família desejavam. Meu irmão, assim como meu pai, tinha cabelo crespo. Peito de pombo. Pele manchada. Toninho e meu pai cobram dos outros o que eles mesmos não podem oferecer. Mas Toninho é homem. Meu pai também. Ser homem basta. Sempre bastou em nossa família.

Às vezes eu escutava as conversas atrás da porta. Porque não tinha o que fazer ou porque a casa era pequena e eu gostava de ficar um pouco no quintal, de noite, para ver as estrelas que rareavam cada vez mais no céu de São Paulo. Aí era inevitável ouvir o que as empregadas falavam no quartinho após o jantar; fragmentos de conversas, confissões, sotaques. Eu invadia a intimidade delas e com isso muitas vezes partilhava da mesma solidão que elas. No passado, eu as via como inimigas ou simplesmente como um estorvo. Agora, pelo contrário, sinto uma tristeza infinita por ter sido ingrata.

Já desejei saber seus sonhos. Na maior parte das vezes, elas queriam apenas encontrar um amor. Divertir-se. Eram garotas jovens, a maioria entre dezenove e vinte e dois anos. Outro sonho era sobreviver e comer chocolates. Ou voltar para a terra natal, passar São João em Campina Grande, brincar numa batalha de espadas de fogo.

Às vezes, quando estava no meio de um surto e sua voz sumia, minha mãe tocava um sininho de prata para chamá-las.

Nessas horas eu disparava até a cadeira de rodas e fazia o que fosse necessário para não interromper o descanso das moças.

Minha mãe precisava delas e elas precisavam de dinheiro. Essa situação gerava um confronto permanente, do qual eu era beneficiária. Mas naquela época eu não tinha clareza sobre essas coisas. Eu apenas intuía que algo devia ser feito.

Quando comecei a trabalhar, não mais como lavadora e polidora dos carros do Toninho, mas como escriturária num banco, mantive o costume de comprar sabonetes especiais e deocolônia para as empregadas. Elas ficavam felizes como se tivessem acertado na loteria. Era tão simples agradá-las. Também acontecia de presenteá-las com bombons, confeitos ou uma lata de biscoito fino. No Natal, um panetone para cada uma. Meu salário não era grande coisa, quase o mesmo que o delas, porém com apenas seis horas de expediente. E eu não limpava cocô nem carregava peso.

Alguns anos depois de formada, consegui uma posição mais bem remunerada em uma agência de publicidade. Foi quando assumi o pagamento de uma das empregadas. Meu pai não se opôs, até porque Toninho não vivia mais conosco e não contribuía com as despesas. O salário durou alguns anos, até que uma crise financeira abalou os negócios da agência e o dono reduziu meus ganhos pela metade. Veio o Onze de Setembro, a bolha dos imóveis nos Estados Unidos, um golpe político no Brasil, a inteligência artificial. De lá pra cá, o mundo da publicidade decaiu, eu envelheci e a grana minguou. Acho que foi um golpe de sorte meus pais terem falecido, um golpe de sorte sobretudo para eles, porque tudo o que investiram em mim já não tenho competência de devolver.

Passado e presente

Se consigo narrar, estou salva.
O que eu preciso?
Tempo. Eu preciso de tempo.

O final? O final é um repente.

Me levanto da cadeira laranja e branca. Não há mais necessidade de permanecer neste quarto, afinal a casa foi vendida há muito tempo. Reformada, ficou irreconhecível. A mulher do japonês do Landau morreu. O japonês do Landau morreu. Alguns vizinhos se mudaram, outros não se lembram mais. Não se lembram da nossa família, da minha mãe, da doença, não se lembram de si mesmos. Muito menos das empregadas. Talvez nem elas se lembrem de si mesmas durante aqueles anos. Ninguém se lembra de fato.

Memória, assim como os deuses, é uma das mais instigantes invenções humanas.

Atravesso as lajotas do quintal. Passo pela cozinha, o piso de dentes-de-leão, desvio da mesa redonda de fórmica. O hall. Fecho a porta do sobrado, deixo os anos para trás. Creio que faltou fazer as perguntas certas.

Tempo? 2023?

Meu medo é descobrir que o Toninho sempre teve razão. Meu medo é não rematar esse raciocínio

Agradecimentos

Bia Antunes e Maurício de Almeida, os melhores (primeiros) leitores que alguém poderia ter.

Kátia Simone Ferreira de Castro, a quem devo as indicações de leitura para compor a personagem de Toninho.

Antônio Xerxenesky e Matheus Souza, os editores mais generosos, atentos e divertidos com quem já trabalhei.

Diva Herculano, que às quartas-feiras me ajuda a botar ordem na casa.

Viviane Magnon, pela paciência, pelas críticas mais ferrenhas e por colocar meus pés no chão. Sempre e sempre.

ESTA OBRA FOI COMPOSTA POR ACOMTE EM ELECTRA E IMPRESSA
EM OFSETE PELA GRÁFICA PAYM SOBRE PAPEL PÓLEN NATURAL DA SUZANO S.A.
PARA A EDITORA SCHWARCZ EM AGOSTO DE 2024

A marca FSC® é a garantia de que a madeira utilizada na fabricação do papel deste livro provém de florestas que foram gerenciadas de maneira ambientalmente correta, socialmente justa e economicamente viável, além de outras fontes de origem controlada.